ハヤカワ文庫JA
〈JA1348〉

グイン・サーガ⑭

流浪の皇女

五代ゆう
天狼プロダクション監修

早川書房
8268

THE PITEOUS PRINCESS
by
Yu Godai
under the supervision
of
Tenro Production
2018

カバーイラスト／丹野 忍

目次

本書は書き下ろし作品です。

彼女が何故に国にそむくに至ったかは明らかではない。巷間の説によれば彼女は淫乱で、不実で、権力欲と憎悪にとりつかれた悪辣な女であり、その数々の事跡はすべてその醜悪な精神の果実であるといわれている。だが、実際の彼女は、たんに自己中心的で子供っぽくあっただけであった。むろん、賢明な皇女であったことは一度もなかったし、享楽的で愚かであった、といわれることも確かである。だが、権力が彼女の興味をひいたことは少なくともなかった。彼女には権力も、宮廷もさほどの意味がなかった。夫であるケイロニア王グインおよび周囲によって、乱行から遠ざけるため軟禁されたことへの恨みはあったかもしれない。だが彼女は憎悪を胸に抱いたとしても、それを実行するだけの意志力は持っていなかった。なにかを考えたとしても、自らの手でそれを実行しようとしたことは一度もなかった。その生涯は水の上の一枚の木の葉のように、周囲を渦巻き流れる運命の上を右へ左へと流されていくばかりだった。

パロのユストニウスによる『売国妃伝』序文

〔中原周辺図〕

ナタール川
ノスフェラス
ヴァーラス湖沼地帯
ナタール大森林
ギーラ湖
ケス河
ナタリ湖
サイロン
ユラニア
トーラス
ノルン海
ケイロニア
アルセイス
ゴーラ
ロス
モンゴール
クム
リーラ川
カムイ湖
タリア
ワルド山脈
中原
ルーアン
イーラ湖
クリスタル
オロイ湖
アルムト
パロ
アルーンの森
カラヴィア
サルジナ
ダル湖
ダネイン大湿原
ドラス連山
ハイランド高地
ウル山脈
ルート
カムリ岬
ラトナレン山脈
ウィレン山脈
サーリスベリ
アグラーヤ
ランガート
アルート高原
カウロス
獅子原
ライゴール
レンティア
草原地方
トルース
トラキア自治領
リャガ
ヤガ
イフリキア
マハール
トルフィヤ
ヴァラキア
アルゴス
沿海州
アルカンド
アルゴ河
レント海

〔パロ周辺図〕

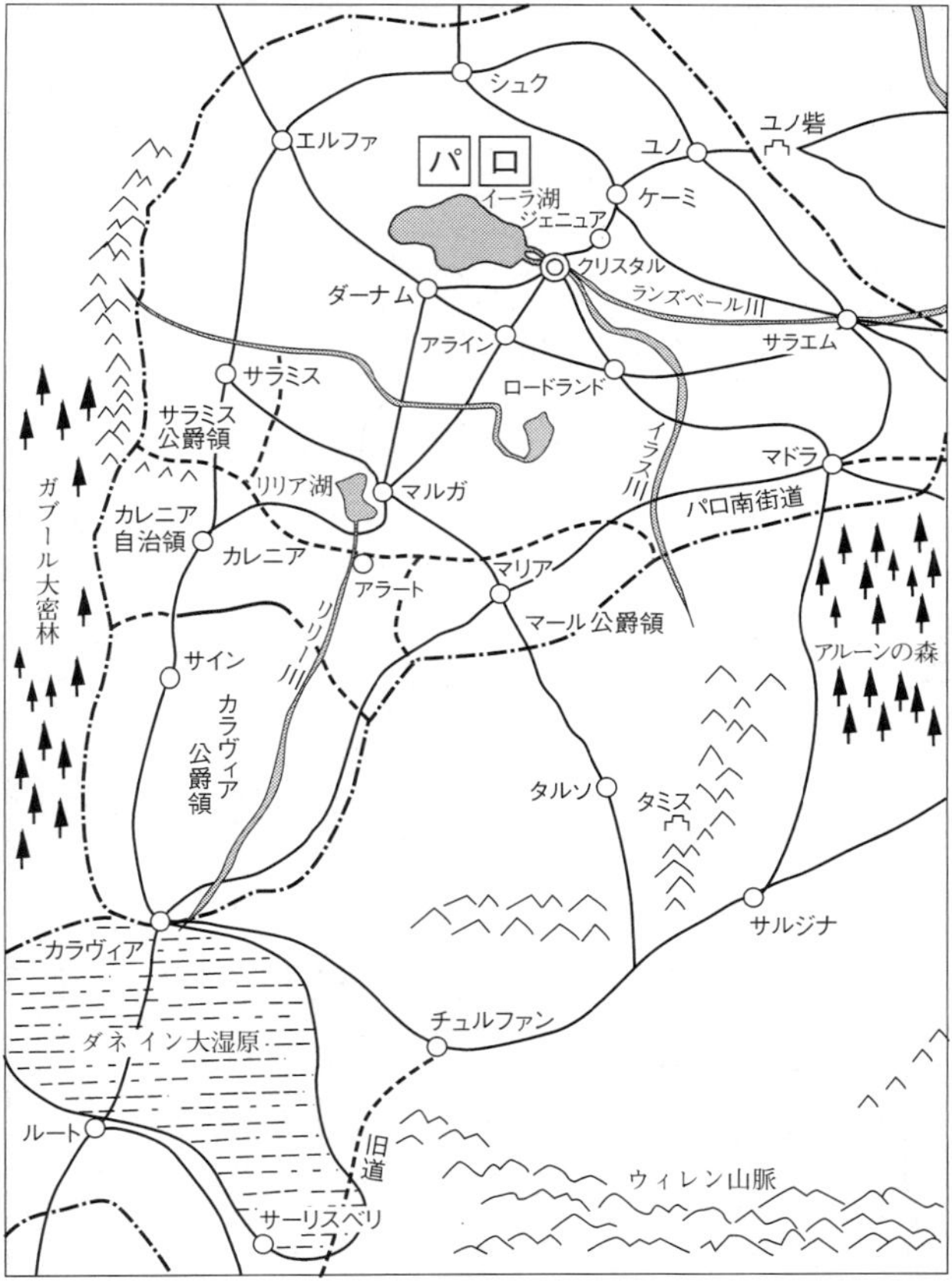

シュク
エルファ
パロ
ユノ砦
ユノ
ケーミ
イーラ湖
ジェニュア
クリスタル
ダーナム
ランズベール川
アライン
サラエム
サラミス
ロードランド
サラミス
公爵領
イラス川
マドラ
ガブール大密林
リリア湖
マルガ
パロ南街道
カレニア
自治領
カレニア
アラート
マリア
リリア川
マール公爵領
サイン
アルーンの森
カラヴィア
公爵領
タルソ
タミス
サルジナ
カラヴィア
チュルファン
ダネイン大湿原
ルート
旧道
ウィレン山脈
サーリスベリ

〔草原地方 - 沿海州〕

タミス城趾
サルジナ
ドラス連山
ハイランド高地
チュルファン
ゴレン
ウィレン山脈
ラトナレン山脈
ライン
アルート高原
イフリキア
ラトナ山
ライディン
トーラ・
オアシス
ウィルレン・
オアシス
ヴァラキア
ヴァラキア
ザカッロ
獅子原
マガダ
沿海州
ヤガ
アムラシュ
スリカクラム
レント海
テッサラ

流浪の皇女

登場人物

グイン……………………………ケイロニア王
リギア……………………………聖騎士伯
マリウス…………………………吟遊詩人
レムス……………………………パロ前国王
アストリアス……………………〈風の騎士〉
ハラス……………………………元モンゴール騎士
スカール…………………………アルゴスの黒太子
ザザ………………………………黄昏の国の女王
ウーラ……………………………ノスフェラスの狼王
イェライシャ……………………白魔道師。〈ドールに追われる男〉
ブラン……………………………ドライドン騎士団副団長
スーティ…………………………フロリーの息子
アクテ……………………………ワルスタット侯ディモスの妻
ラカント…………………………ディモスの協力者。伯爵
ソラ・ウィン……………………ミロク教の僧侶
ヤモイ・シン……………………ミロク教の僧侶
アニルッダ………………………ミロク教の信者
イグ＝ソッグ……………………合成生物
ジャミーラ
ベイラー
イラーグ ｝……………………〈ミロクの使徒〉
カン・レイゼンモンロン………ミロクの大導師
ヤロール…………………………ミロクの超越大師
シルヴィア………………………元ケイロニア妃
パリス……………………………元シルヴィア付きの下男
ユリウス…………………………淫魔
グラチウス………………………魔道師

第一話　追うもの追われるもの

1

彼らが街道をはなれてかなりの時間がたっていた。周囲はすでに暗く、頭上にはまばらな雲がかすかに残った日の光に灰と橙《だいだい》にふくらんでいる。アストリアスは太い息をつき、手綱を引きしぼって後ろを振り向いた。

通り雨がふったあとで、下草は濡れていた。露のしたたる草をわけて、十五、六騎の兵士が馬を続かせていた。列の末尾は丘のむこうに消えて見えず、アストリアスは、鞍の上で背伸びして、残りの人員がどこまで来ているか見定めようとした。

「何かお気にかかりますか」

ランズが馬を寄せてきてささやいた。彼は〈風の騎士団〉でアストリアスのもとにいた騎士で、すぐ赤くなる白い肌と、いうことをきかない茶色い硬い髪をもっていた。兜のまびさしから、ふちの赤くなった青い瞳が心配そうに見つめるのを見返して、アストリアスは小さくかぶりをふった。

「いや。……追っ手はまだ現れないか」

「物見によれば、イシュタールの門は閉鎖され、近辺には捜索隊が出されているようですが、こちらにはまだ追っ手らしき部隊は見えていないとのことです」

「ずいぶん手薄なことだな。仮にも王太子が誘拐されたというのに」

「それだけ、今のゴーラが脆弱だということなのでしょう」

ランズは肩をすくめて言った。

アストリアスは黙っていた。

実際、拍子抜けするくらいのものだった。王のイシュトヴァーンはパロへ行っていて不在、実質的な指揮を一手に引き受けていた宰相のカメロンは、そのパロで王によって手討ちにされて死亡というありさまで、王宮内のみならず、イシュタールにおいても、きちんとした指揮や命令系統などが機能していないようだった。前もって内通していた間諜が内から扉をひらいてアストリアスたちを引き入れると、あとは文字通り、赤子の手をひねるようなものだった。衛兵たちは浮き足だって騒ぐばかりでほとんど相手にならず、いたずらに右往左往するばかりだった。たまたま出くわす兵士を当たるがさいわい切り倒し、王子宮になだれこんだ時には、アストリアスたちを止めるものは誰もなかった。

王子の女官を斬り殺したのはアストリアスではない。たとえ落ちぶれようと、アストリアスは自らを騎士と任じていた。武器すら持たない女に向ける剣は騎士のものではない。王子宮にはいったアストリアスの目の前で、女が血を吹き上げて倒れたときはぎくりとした。アストリアスの剣もむろん血に濡れてはいたが、それは兵士たちの血で、けっして弱い女のものではなかった。アストリアスよりも先に王子の部屋に入り込み、一言の口もきかずに女官を斬殺した男たちは、無言のまま、寝台の上に目を見開いて凍りついている幼い王子に、血にまみれた手を伸ばしたのだった……

そのことを思うとにがい思いがこみあげる。血のはね飛んだ小さい顔が、まじろぎもせずこちらを見ていたのがいまも目に浮かぶようだ。男たちはそんな幼児を無造作に摑みあげ、手近な敷布でぐるぐると巻いて、小脇にかかえた。驚いたのか、怖がっているのか、それとも気絶したのか、まったく声をたてない小さな王太子を抱いて、略奪者の一党は風のように王宮を抜け出し、逃亡の途についたのである。

「どれくらいきたかな」

「もうすぐ一昼夜たちますから――だいたいアルバタナの近く、というところでしょう。あと数時間《ザン》も行けば、約束の場所につきますよ。もう少しです」

だといいが、と口の中でアストリアスはつぶやいた。このことのはじめから胸の奥に巣くっているもやもやしたものが大きくなり、暗さを増した。後ろから黙々と続く馬の列と、その後ろを進んでいるものに、彼は疑いめいた視線をこらした。〈風の騎士団〉なる部隊を結成して潜伏していたあの当時、滅亡したモンゴールの再興をめざして、イシュトヴァーンの私生児たる子供と、その母親を手に入れることをめざした。

その意図は、思いがけずも割ってはいってきた豹頭の超戦士グインによってくじかれた。グインは彼に道理を説き、母子の——母フロリーと息子スーティの解放を求めた。さらに、本当にモンゴールの再興を目指すのであれば、ほかにもモンゴール再興を期して戦っている若い元モンゴールの貴族たちと合流し、その上であらためて行動するようにいった。

けっして納得して受け入れたわけではない。ただ、豹頭のグインの力はあまりに強大であり、相手に抗してイシュトヴァーンの私生児をそのまま擁することはアストリアスには無理な相談だった。

それに、騎士団内に侵入していた間諜によって、イシュトヴァーンの私生児の存在はゴーラにも知れてしまった。

王の落としだねの存在を知れば、ゴーラ国内においても蠢《うごめ》いているであろう反対勢力は、間違いなく動き出すことだろう。アストリアスはイシュトヴァーンの私生児をあきらめ、子供をゴーラの間諜から救い出すグインに協力したのちに、進路を南へむけた。

モンゴール再興のときの戦い、俗に〈ヤヌスの戦い〉といわれる戦争のおり、アストリアスはパロで幽囚の身にあって、戦いに参加することはできなかった。よって、起こったことはすべてあとから耳にしたことになる。クムでタルー公子の妾とされていたアムネリス公女が救出され、将軍イシュトヴァーンとともにクム軍を打ち破って金蠍宮を解放し、新生モンゴールをうちたてたこと、その後アムネリスがイシュトヴァーンを夫としたこと、そして、そのイシュトヴァーンがアムネリスを虐待し、国は事実上ゴーラの属国となったこと、虐待されたアムネリスは子供を産んで死に、いまや旧モンゴール大公家の血筋は、アムネリスの息子をのぞいてほとんど残っていないこと――などを、彼は、亡霊のような姿でパロから脱出し、その後、各地を流れ歩くあいだに、ところどころで聞きあつめた。

恋に狂い、一時はその結婚式で花婿を殺すことさえした――結局それも、あの狡猾なアルド・ナリスによる策略であったとわかったのは、はるかのちのことであったが――相手のアムネリスが、いかに惨い運命をたどったすえ死に追い込まれたかを知ったアストリアスが、悲憤慷慨《ひふんこうがい》したのはいうまでもない。イシュトヴァーンの私生児を手に入れようとしたのも、モンゴール再興のための旗印を手に入れようとの意図もあったが、かのにっくきイシュトヴァーンに、ぜひとも一矢むくいてやりたいとの気持ちも少なからずあったのである。

その計画はグインによって潰されたが、イシュトヴァーンへの遺恨とアムネリスへの想いは、モンゴール再興への衝動となって根強く残っている。先の〈ヤヌスの戦い〉のおり、パロで生き腐れたような状態で、なにひとつ知らずにいたことを考えると、遅ればせながらの焦燥と怒りで体が爆発しそうになる。知っていたら、そうとさえ知っていたら！　自分はどんなことがあってもあの暗く湿った地下牢を抜け出て、愛する姫将軍のもとに馳せ参じただろうに。そしてなにがあっても、あのイシュトヴァーンごときに大きな顔などさせておかなかっただろうに。

怒りと失意に駆り立てられるまま、アストリアスは仲間をつれて赤い街道を下った。行く先はどこへとも考えていなかったが、ぼんやりと思い描いていたのは、自治領タリアの伯爵、ギイ・ドルフュスのもとだった。

伝え聞く話によれば、〈ヤヌスの戦い〉のおり、タリアは二千の兵と五隻の軍船を派遣してモンゴール軍に加勢し、みごと本懐をとげさせたという。

その後、ゴーラと名を変えたモンゴールに対してタリアが何かしたとはきかないが、タリア伯爵ギイ・ドルフュスの妹アレン・ドルフュスは、アムネリスとは親友として姉妹の絆を結んでいたそうだ。そのような相手であれば、もしや、僭王イシュトヴァーンを廃し、真のモンゴール王国を樹立するのに手を貸してくれるのではないかと考えての行動だった。

だが、タリアまで行き着かないうちに、街道沿いのある宿場町で馬を休めていたアストリアスたちに、声をかけてきた人物があった。

行列の最後部が追いついてきた。アストリアスは目を細め、一団の騎士が円陣を組んで守っている一騎を見た。黒い衣装と鎧に身を包んだ彼らは、中心に声も立てない小さな布包みを抱いて小さく固まっていた。

アストリアスは馬に拍車をいれて彼らに近づいた。近づいても、彼らは円陣を解かなかった。むしろ、より警戒するような空気で、馬どうしをそれとなく近くに寄せ合わせた。

「王子の具合はいかがか」

「問題ない。静かにしておられる」

くぐもった声で騎士の一人が口をきいた。そっけない調子で、いらぬ詮索はやめるように言外に主張していたが、アストリアスはなおも食い下がって、

「まさか、窒息などなさってはおられまいな。幼い子だ、あまりに静かすぎる。ご無事かどうか、様子を見せていただきたい」

「アストリアス殿？」

後ろから気がかりそうなランズの声が追ってくる。アストリアスは無視した。

騎士たちは兜をかぶった頭を見合わせていたが、やがて中心にいた一騎が進み出てき

て、腕にかかえた布包みをひらいてみせた。

赤黒い血しぶきのとんだ布がすべりおちると、そこに青白い、手にすっぽり隠れるほどの、小さな丸い顔があらわれた。緑の地に金茶色のまだらが散ったそのふしぎな両目に、アストリアスは遠い日、その母の緑玉のような瞳に陶然としたことをいやおうなく思い出させられた。

濃い黒いまつげにふちどられたその目は大きく、まじろぎもせず、アストリアスを見上げた。一、二度、まばたきしただけで、やわらかそうな唇はぴたりと閉ざされたままだ。

「ご覧のとおり、王子はお元気であらせられる」ぶっきらぼうに騎士は言い、また子供の顔をつつんだ。まだアストリアスが見つめているのを知って、弁解するように、

「強いお子だ。泣きも、騒ぎもなされない」

はたしてそうだろうか、とアストリアスは思った。いかに王子といえど、相手はまだ二歳たらずの子供、目の前で女官を斬り殺されたことがひびいていないはずはない。衝撃のあまりすべての感覚をうしなっているのか、恐怖のあまり内側にこもってしまっているのか、いずれにせよ、子供にとってよい状況であるはずがなかった。

「アストリアス殿、参りましょう」

ランズがやってきて、腕を取った。

「あと少しで合流地点につきます。そこまで行ってしまえば、ひとまず追っ手の心配をすることもない。王子のご様子は、それからでもゆっくり見られますでしょう」

「そうだな」

うわのそらでそう答えて、アストリアスはふと自分の顔にふれた。かたい金属の表面が籠手に当たった。銀仮面と呼ばせていた金属の仮面を、アストリアスはまだ身につけていた。その内側の、おのれの崩れはてた顔を思い出し、背筋を氷の感触が走った。

「ハラス殿も、アリオン伯もお待ちでしょう」

アストリアスのひそかな戦慄も知らず、ランズは明るくそういった。ごく若い彼は、自分たちの手で一国の宮廷から王子を盗み出し得たという事実に浮かれて、少々有頂天になっているようだった。

アストリアスはぶるりと身を震わせ、黙して王子を取り囲む集団を一瞥すると、心を残しながら馬首をかえして、行列の先頭へと戻っていった。

それから夜を徹しての騎行が続いた。夕映えは燃え尽きて青い夕闇となり、やがて漆黒の夜が降りてきた。松明はつけず、月明かりをたよりに馬は草原をぬけていった。ときおり、遠くを通過する早馬か、あるいは捜索の手かの松明のかげに身を伏せて隠れることもあったが、あちらの姿が消えてしばらく経つと、慎重に頭をあげて周囲を見渡し、また騎行を続けた。

ユラ山脈の偉容がすぐそばに迫っている。周囲で木がざわめき、露をふらせた。道は林の中を抜け、見捨てられた村の跡地を通り、崩れた柵の跡ののこる農地や放牧地を通っていた。

火に焼かれたあとのある石詰みのあとを見て、アストリアスは、以前ここに住んでいたのはモンゴールの民人か、それともクムの農民だったのかと夢想した。あるいはどちらともかかわりなく、ただ日々を静かに暮らしていた自由民の家にすぎなかったのか。いずれにせよ、もはや家は見捨てられて久しく、屋根は崩れ落ちて梁がむきだしになり、柱や壁もかたむいて、ぽっかり開いた窓や戸口が骸骨の目鼻のように見えた。ちぎれた縄や壊れた水桶の散乱する井戸のあとに、よりかかって死んでいる女の姿を見たような気がした。それは、イシュタールの王宮でななめに斬られて血を噴き上げた女のまぼろしであったかもしれない。アストリアスは目をそらし、暗い空を見た。空の高いところにまるい月がかかり、つめたく青ざめた光をこの荒涼とした景色に注いでいた。

青白い光のもとを、騎士と馬の行列はかすかな装具の音をたてながら亡霊のようにすすんだ。アストリアスはいつのまにか馬の上で眠っていた。

夢の中で、彼はまたあのパロの暗い地下牢に帰っていた。湿って腐りかけた寝床と蜘蛛の巣だらけの壁、錆びた鎖と枷、腐った肉と垢と汚物の悪臭があたりを包む。顔が痛む。全身が絞め木にかけられたように痛む。もはや顔なじみになったあの刑吏が今夜もまたやってくる。そして、残酷なやり方でさいなむために、彼をひきずりだしていく……

ああ、やめてくれ！　やめてくれ！　これ以上、おれから何をはぎとろうというのだ……泣きわめいて抵抗しようとするが、声は立てられず、手足も動かない。いつのまにか全身が血の飛び散った布で巻かれ、巨大な鉄のこぶしの中に捕らわれている。ぞっとするほど大きな、無表情な顔が上から降りてくるが、それは鏡のような金属の頬をし、見上げた自分の顔は、いつのまにかなめらかな頬をした幼い子供の顔だ。

濃いくろぐろとしたまつげに縁取られたその目は不思議な茶色の斑のある金緑色で、あっけにとられて見つめるうちに、目は明るい二つの緑玉に変わり、涙を浮かべて見つめるその二箇の宝石の前で、彼は泣いて許しを求め、非道な運命に翻弄させるまま死なせてしまった自分の罪を、きりもなく謝罪し続けるのだった……

ガクンと体がゆれて、はっと目覚めた。月はななめに落ちかかり、西の空にかかっていた。

頭を振って、上体をしゃんと起こす。ひどく疲れていた。イシュタールへ潜入する数日前から、ほとんど休みらしい休みをとっていない。馬上で居眠りすることなどついぞなかったはずだが、思った以上に消耗しているのかもしれない。首のまわりにたまった冷たい汗をそっと拭き、頭の後ろに残る不快な感触を追い払おうと深く息を吸ったとき、前のほうで叫び声があがった。

「待て！……ついたぞ！　我々だ！　……到着した！」

兜のふちにたまった夜露をこぼしてアストリアスは目をあげた。馬上でうつらうつらとしているうちに、列からかなり離れていた。

行列の行く手に、ちらちらとまたたくいくつかの灯が見える。灯の前を走るいくつかの人影も見え、灯に照らされた低い屋根も見えた。こんもりと盛り上がった木立の下に隠れるようにして、くずれかけた石造りの廃砦らしき建物が、うずくまっている。

2

「おかえりなさいませ、アストリアス様」

馬からおり、兜をとったアストリアスを迎えたのは、灰色の胴着に赤茶色の下衣をつけ、じみな靴を履いた、一見農家の隠居かなにかのように見える男だった。鼻の下に太い髭をたくわえており、顔は日焼けして深いしわが刻まれている。微笑したところはいかにも愛想がよかったが、細くした目が、抜け目のない色をたたえている。

「首尾よく運びましたので？」

アストリアスは返事をせず、ぐいと背後にあごをしゃくった。男は背中を曲げながら急ぎ足に後ろで固まっている男たちのほうへ行った。兜をおき、首筋を拭っていると、

「戻ったのか」と声がかかった。月光が黒と青色に染め分けている拱門《アーチ》の下から、二人の男があいついで出てきた。

アストリアスは片膝をついて礼をとった。先を歩いていた、背が高くがっしりした体つきの男が早足に歩いてきてアストリアスを立ち上がらせた。彼は郷士風の簡素な胸当

てを身につけ、古びて色のさめた胴着に革の帯を巻いていた。帯はかすかに以前の色をとどめており、それは明けそめる夜空の色を思わせる青色だった。腰には長剣をつり、長靴には泥と草の汁がついている。

「あの裏切り者の息子をとらえたのだな？」

「まだ赤ん坊です」

アストリアスはそう答えた。彼の目にはまだ、布に包まれた小さな顔と、緑と茶の見開かれた目が映っていた。

「赤ん坊でもあの男の息子だ」

あとからきた男が言った。彼もまた長身だったが、ひどくやせて背中がかしいでおり、肩がななめにゆがんでいた。服装は簡素で、武装はしていない。大きすぎる上衣の下で、骨の浮いた身体が泳いでいる。片方の足を引きずっていて、木の松葉杖をついて身体をささえている。

「これであの男に一矢むくいてやれる。国を留守にするような愚かな王には似合いの仕打ちだ」

「宰相を殺したとも聞いている」先の男が愉快そうに言った。

「ひょっとしたら、われわれが手を下すより先に、自滅するかもしれんな」

「成り行きに任せるわけにはいきません。放っておいてもモンゴールの旗は立ち上がらない」

「むろんだとも。だからわれわれはこうして働いているのではないか。ホン・ウェン！」

長身の男は声を上げて呼び立てながら歩いていった。松明のゆれる下で、ホン・ウェンと呼ばれた商人風の男と黒衣の騎士たちが頭を集めて何事か話し合っている。彼はそこに加わって、身振り手振りをまじえて熱心に主張を始めた。

「アリオン伯はお喜びのようですね」松葉杖の男がそっと言った。アストリアスは疲れた様子で松葉杖にすがっている相手を見た。

「あなたはどうなのだ、ハラス殿。──そういえば、いとこ殿には今回も接近することができなかった。すまない」

ハラスは元気なくほほえんでみせた。それからかすかにかぶりを振って、「お気になさらず」と呟いた。彼のいとこマルス伯は現在、きびしい監視をつけられた状態で、モンゴール大公ドリアンの後ろ盾として、ゴーラの傀儡というかたちで生かされている。

「もっとふさわしい旗印が手に入ったのです。私のいとこより、アムネリス大公の直系の息子のほうが、ずっとわれわれの主人としてふさわしい」

「それでも、助け出したいのだろう。親族として」

「今は自分の血族に気を向けているひまなどありませんよ。彼を監視から解放してわがほうに取り戻すことができれば、確かに力にはなりましょうが、モンゴール大公家の血を直接引いている公子以上に有力なものはない」

それが本心かどうか判別できるほど、アストリアスは人の心をよむことに通じていなかった。ハラスは大儀そうに身体を動かして、松葉杖をつきなおした。

アリオン伯爵はもともとケス河ちかくの辺境を預けられていた地方貴族で、ノスフェラス侵攻時には白騎士団の団長をも務めていた武人である。クムによってモンゴールが征服されていたあいだにも、青騎士団を率いてツーリード辺りに雌伏していた。モンゴール再興の戦いの折りには、二万の軍勢を率いてモンゴール軍のもとに駆けつけ、劣勢の戦いを一気に逆転して、クム軍を蹂躙した猛将である。

その後は黒騎士団司令官として宮廷に奉職していたが、イシュトヴァーンによる金蠍宮の反乱と宰相サイデンの死、それに続く女大公アムネリスの幽閉をうけて、あわてて態勢を立て直そうとしたが時すでに遅く、イシュトヴァーンとその右腕であるカメロンの支配体制をくつがえすことはできなかった。

苦汁をのんで国を出奔し、野に伏した彼は、ゴーラの属国となった故国を思いつつ、ゴーラの軛《くびき》からモンゴールを解放する機会をうかがっていた。イシュタールへと首都はうつり、幽閉されたアムネリスが死ぬと、故国を僭王によってふみにじられた猛将の怒りは増した。

野にありながらひそかに兵を集め、僭王イシュトヴァーンを廃してまことのモンゴール大公家を復興させる計画は、けっしてアストリアスひとりのものではなかったのである。アストリアスが〈風の騎士団〉を称し、ボルボロス近辺で活動していたのと同じように、彼もまた、水面下で旧モンゴールの勢力を糾合《きゅうごう》し、イシュトヴァーンのゴーラに対抗するすべをさがしていたのだった。

そしてハラスもまた、同じようにゴーラに対抗する計画を胸に抱いた一人だった。彼はいとこである小マルス伯、かつて青騎士団を率いて旧モンゴールの陣中にあり、ノスフェラスで命を落とした大マルス伯の息子マリウスを探していた。

マルス伯ことマリウスは、金蠍宮の変のおりに捕縛され、そのまま捕虜として幽閉された。その彼を救出し、勇武の名高く人望篤かった彼を救出することをかかげて、反ゴーラの兵を集めるつもりでいたハラスだったが、トーラスへの潜入を志してルードの森に潜んでいたところを、イシュトヴァーンの軍に襲撃された。

捕虜とされた彼はイシュトヴァーンの手でさんざんに痛めつけられ、拷問を受けて、二度と回復しないほどの重傷を負った。思いもかけぬケイロニアの豹頭王グインの介入によって命は助かったが、杖なしでは歩けないほどの障害を残すこととなった。

その後も半死半生のままトーラスの奥深くで虜囚の日々を送っていたが、アリオン伯によって見いだされ、救出されていまがある。アリオン伯のもとに身を寄せて、ゴーラ反攻ののろしをあげる日を待ち望む一員に加わっている。

ホン・ウェンという男を、アストリアスはよく知らない。アリオン伯は部下のように扱っていたが、このホン・ウェンが、アリオン伯率いる反ゴーラ勢力に資金を供給し、こっそり力を貸している相手の使者だということだった。

何者かが、何らかの目的で、自分たちを利用していると考えるのは不快だったが、ホン・ウェンとその主人の助力がなければ、アリオン伯も、また自分たちも、なにもできないのは自明だった。今回のドリアン王子の誘拐も、ホン・ウェンの手回しと、事前の間諜の派遣がなければこれほど簡単には行かなかったことだろう。

「お疲れのようですね。イシュタールからの騎行は長かったでしょう」

「モンゴールのことを思えば、そのようなことは」と反射的にいい、言葉に反して、疲れが重く身をかむのを感じた。

「ホン・ウェン殿はどう言っている。すぐに出発するのか？」

「朝までこの廃砦にいて、早朝に出発する予定とのことです。少しでも眠っておかれた方がよいですよ。アルバタナに入るまではまだだいぶあるのですし、ここはまだゴーラ領です」

アストリアスはうなずいた。仮面の内側がじっとりと湿っている。夜露が骨まで染み込み、服も鎧も重く濡れているように思えた。

「あなたも休んだ方がいい。足が痛むのだろう」

「私はここで待っていただけです。休む必要などありませんよ」

微笑したハラスの目に暗いものが走り抜けるのを見てアストリアスは後悔した。本来なら、アストリアスとともにイシュタールへの潜入にも同行したかったはずのハラスだ。不自由な身体をもてあまし、じっとしていることもできずに、危険なゴーラ領への潜入にも同行せずにはいられなかったハラスのいらだちを、もっと理解してやるべきだった。言うべき言葉が見つからず、ハラスの肩に軽く触れてアストリアスは背を向けた。後ろでまだ、アリオン伯が声高にしゃべっている。


廃砦はほとんどが崩れ落ちていたが、いくつかの部屋は屋根と壁が残り、雨露をしのぐことができた。アストリアスは屋根がななめに傾いだ一室に入り、そこで水を運ばせて手足と顔を洗った。従者は小さな灯火を置いていったので、水桶の上に映る自分の顔が見えた。いつもはぞっとして目をそむける自分の顔に、しげしげとアストリアスは見入った。

無惨な顔だった。片方の耳はなくなり、もう一方はつぶれたような残骸だけが残っている。目は盛り上がった肉の下に隠れ、ほとんどやぶにらみだ。長く盛り上がった傷跡が縦横に顔面を走っている。頬は青白く落ちくぼみ、唇は裂け、めちゃめちゃに切りつけられた骸骨のようだ。無残に焼けただれた皮膚が傷だらけの顔面をさらに二目と見られないものにしている。

かつての〈ゴーラの赤い獅子〉の面影を残すものはどこにもない。瞳の色だけは変わらなかったが、それも、以前の希望と愛に駆り立てられる貴公子の熱さと輝きはとうにない。暗くうち沈み、絶望と怨恨ににごって、失われたものへの悲嘆がすべてを塗りつぶしている。

ノスフェラスの戦いが別世界のことのように思える。あの時彼は若く、誇り高く、公女将軍アムネリスに熱烈な恋心をささげていた。白銀の鎧に身を固め、金髪をなびかせて馬を駆る美貌の姫将軍の緑玉の瞳に魂まで貫かれ、彼女が行くなら地の果てまでもつきしたがおうと勢い込んでいた。

それが、どこで狂ったのだろう。豹頭の超戦士が頭をよぎったが、すぐに消えた。むろん、ノスフェラスでの戦いにおいて、彼の存在が大きくあったのは間違いない。彼がいなければおそらく、モンゴール軍はあれほどの大敗を喫することはなかっただろうし、セムやラゴンといった蛮族に襲われることもなかったろうとは思う。だが、真に自分をうちこわしたのは、あの戦いではなかった。

水面を通して見るような不確かな記憶の中で、異常にはっきりと記憶にとどまっているのは、あの婚礼の席で、恐怖に見開かれたアムネリスの、緑に燃える瞳だった。なぜ自分がそんな目で見られるのかわからなかった。自分は公女を救いにきたのであるという意味の言葉をさけんでいたような気がする。公女の隣に並んでいた、黒髪の男への呪詛も叫んだような気がする。

輝く緑の凝視をひっかき傷のようにアストリアスの脳裏に残して、すべては流れ去った。アストリアスはとらえられ、暗黒の淵に沈んだ。

そのまま暗黒の淵に沈められ、長い長い時が過ぎた。愛が自分を駆り立てたのだと叫んでも聞き入れられなかった。暗黒はそのまま日常となり、闇がそのまま時間となった。いつの間にか忘れられ、暗黒の地下牢の隅に捨て置かれても、脳裏にはいつもあの、恐怖に満ちてこちらを見つめるアムネリスの目があった。

あなたを救いにきた、公女、俺はあなたを愛しているのだ。

何度そう言っても、そこにこめられた恐怖と嫌悪と怒りは消えなかった。おそらくどのような拷問より、あれが俺の肉体と精神を削ったのだと、いまではアストリアスは思う。想う相手によって投げつけられる無言の憤怒と嫌悪が、打ち寄せる荒波のように、アストリアスの健康と正気をむしばんでいったのだ。

パロの紛争にまぎれて地下牢を脱出したのも、今にして思えばほとんど自分の意志ではなかった。なにものかに突き動かされるように、混乱する街を抜け、国境を越えたのも、あるいは光の下に出ればいま一度恋人のもとにもどれるかもしれないと考えたためか。または、あの日の行いについて釈明ができると考えたのか。

いや、ただ単に、暗闇の中で緑玉の目が投げつけてくる恐怖と怒りに相対し続けることから逃げ出したかっただけかもしれない。どのような罰より拷問よりも、アムネリスへの想いとその恐怖が、長い地下での年月の間、ずっとアストリアスをさいなみ続けていたのだ。

ようやく正気を取り戻したとき、想う相手はすでに地上にはなかった。アムネリスはイシュトヴァーンとの間に子を産み、その時に死んだと伝え聞いた。

なによりもその事実が、力を失った四肢にもう一度剣をとる意志をあたえた。アムネリスが死んだ。自分の知らぬまに、いなくなった。イシュトヴァーンが死なせた。イシュトヴァーン、ゴーラの王。その男が。

自分はモンゴールの再興などには、実は関心がないのではないかと思うことがある。自分がほんとうに求めているのは、いまも脳裏に動かずにいる緑の凝視から逃れるすべ、あの恐怖と非難に応える方法、自分はこれほどまでにあなたを愛しているし、あなたのために戦えるのだと示すことだけなのだという気がする。

あなたを殺した男の子を奪って復讐してやろう。あなたの祖国の名をもう一度この中原に呼び戻してみせよう。だから、お願いだ、そのような目で見ないでくれ。俺を恐れないでくれ。怒りと悲嘆を俺に投げつけるのはやめてくれ。俺はあなたを愛している、こんなにも愛しているのだ。あなたのためなら身の破滅すらいとわなかったのに。あなたのために暗殺者となり、罪人として長い虜囚の日々も堪え忍んだのに。

だがアムネリスの目はいまだにアストリアスの脳裏に焼き付いて消えない。この暗夜の底でも、ゆらめく水桶に映るゆがんだ顔のむこうから、死んだ女の目が、絶えざる恐怖と非難を浮かべて見つめている。アストリアスは思わずうめき声をたて、水面をたたいた。水が飛びちって床と壁面を濡らした。水の飛び込んだ灯心がジュッと音をたてた。

アストリアスはマントを着てふたたび仮面をつけ、部屋を出た。鎧は脱いで従者にあずけてある。外は月が沈んだあとの真の闇だった。あと半刻《ザン》か一刻すれば、朝靄がうす白くあたりに漂いはじめるだろう。

崩れかけた砦の通路を大股にゆく。どこかでまだ起きているものがいるようで、微かな話し声がして、壁の破れ目からちらちらと炎が揺れるのが見えた。砂利をふむ音が妙に大きく響いた。耳の奥にざらつくようなものを感じながらアストリアスは外へ出て、不寝番に立っていた兵士に尋ねた。

「ドリアン王子はどうしている？」

「世話をするもののところで休まれていると思いますが……」

戸惑ったような返事を聞き流して、所在を訊いた。アリオン伯らが起きて話し合っている部屋からさほど遠くない一室にいるらしい。アストリアスはまだなにか言っている兵士を残して、ゆっくりとそちらへ向かった。

アリオン伯とホン・ウェンはまだ話し合っているらしく、覆いをかけた灯火をうけて、戸の透き間から長い影が、ひそひそ声を伴奏になにか身振りを繰り返していた。アストリアスはその二つおいた隣の部屋へと足を運んだ。戸の前にはこちらにも衛兵が立っていたが、アストリアスの仮面を見ると、かるく一礼して通した。

入り口には風除けに、粗織りの布がたらしてあった。布をあげて入っていくと、中の簡易な寝台に腰をおろしていた娘が、びくりとしたように顔を上げた。長い黒髪のほっそりした娘で、膝の上に、毛布でくるみこんだ赤ん坊を乗せている。

「どなた」と細い声を出した。アストリアスが明かりの中に顔を出すと、「ああ」とほっとしたように声を出し、

「アストリアス様でしたか。もう出発なのでございますか。夜明けも近いような気がいたしますけれど」

「いや、ただ王子の様子を見に来ただけだ。アリサ殿」

そう言って、アストリアスは相手を怖がらせないように膝をつき、寝かされているドリアン王子にかがみこんだ。

アリサ・フェルドリックは、これも金蠍宮でイシュトヴァーンによって殺害されたフ

エルドリック・ソロンの娘で、王子の世話係としてこの計画に参加している女性だった。

幼い王子はやはり疲れたのか、それとも薬でも飲まされたのか、黒いまつげを伏せて眠っている。まるい頬の上にまつげが濃い影を作っていた。その瞳が見えないことに、アストリアスはなぜかほっとした。

「とてもかわいらしいお子ですわ」

アリサはほほえみながら王子の髪をすいた。わずかに巻いた髪が細い指にくるくるとからまる。

「ほんとうに、お泣きにもならないのですね。こんなに小さいお子なのに、なんだかおいたわしい気がいたします」

「あなたは、なんとも思わないのか、アリサ殿」

思いもかけぬ問いがアストリアスの口から出た。

「これはイシュトヴァーンの息子だ。あなたの父を殺した男の息子だろう」

やさしげな、風にもたえないふぜいの娘だったが、彼女もまたイシュトヴァーンの命をねらったことがあるとアストリアスは伝え聞いていた。ただ、殺人や争いを禁ずるミロク教徒であったせいか、その意図はくじけて、一時はイシュトヴァーンの身の回りの世話をしていた時期もあったという。

「子供に罪はございませんもの」

いずれにせよ、今のアリサにはドリアン王子に対する何らの遺恨もないようだった。

アリサはかるく笑って、眠る王子の頰をそっとさすった。

「イシュトヴァーンは確かにわたしの父を殺しました。そのことを忘れはいたしません。けれどもミロクはわたしの心の中から、怒りと恨みを捨てるようにとささやいてくださいます。それらは人の心を傷つけ、腐らせるものです。ましてやなにも知らぬ子供に、その親のことについて責任を負わせるべき理屈があるでしょうか」

ひたむきな視線をあてられて、アストリアスはなにもいえなかった。黙って手をのばし、不器用な手つきで赤子の頰に触れた。子供はやわらかい唇を動かし、眉をひそめてむにゃむにゃ言った。身じろぎしたかと思うとふいにぱっちり目を開け、アストリアスを見た。

一対の無垢なまなざしにアストリアスは殴られたような不意打ちの感覚を味わった。子供は泣きもせず、小さい手でアストリアスの指をしっかり摑んだ。思いがけない強さにアストリアスは動けなかった。

このように幼いものが、と彼は思った。このように幼いものが、俺たちの旗印なのか。これほどに小さい、弱々しい、幼いものが。

ドリアン王子は眠りを覚まされたことにも機嫌を損じず、ただぱっちりと大きく目を開いてアストリアスを見つめている。澄んだ凝視にさらされながら、アストリアスは、脳裏に浮かぶ緑の双眸と目の前の子供の瞳が、いつかひとつに解け合っていくように感じていた。

3

〈黄昏の国〉をぬけた場所は人影のない森の中だった。先にスーティとウーラがぴょんと飛び出て、それからグラチウスがうなりながら従った。見えない連れの琥珀はスーティのふところに暖かく収まっており、心臓の鼓動のような声で、『近くには誰もいません』と告げた。

『イシュタールという都市を感知しました。複数の生命反応が動いています。略奪された王子を探索する兵士の群れだと思われます。過度の接近や直接の接触は彼らに不審の念を起こさせることでしょう。不用意な前進は控えることを進言します』

「やかましい小娘めが」グラチウスがうなった。「それくらいわしの力で吹き飛ばしてくれるわ。わしを誰だと思うておるか」

「じいちゃん、つよいの？」

「おう、強いとも、強いわい、くそ、このうるさい石め、こいつをはずせというのに。これさえなければ、たちまちきさまらをイシュタールの王宮のど真ん中へ運び込んでくれるわ」

　爪をたててグラチウスは喉元をかきむしった。そこには琥珀と金に輝く首輪が光り、両手首には同じ色をした手かせがはまっている。

『そのようなことをすればたちまち、あなたは星の子をさらってどこかへ飛び去ってしまうでしょう』

　ゆらりと光が走り、琥珀が炎の髪の幼女の姿を現した。溶けた金の瞳でとがめるようにグラチウスを見つめ、

『危険な可能性を見逃すわけにはいきません。あなたの時空移動能力は現在、わたしによってコントロールされています。あなたの言う、魔道による時空移動は、それがあるかぎり行うことができません』

　グラチウスは口汚くののしり、首輪と枷をひっぱったが、それらはびくともせずその場にとどまったままだった。琥珀はなにげない顔でスーティのそばへ漂っていってグラチウスの悪罵から耳をふさいでやった。ウーラはスーティのそばにこれも保護者然として、巨体でスーティを抱くようにしてうずくまっている。

「で、どうしろというんじゃい」

　とうとう罵声と愚痴の種が尽きたのか、ようやくグラチウスはおとなしくなってふてくされたように言った。

「そのちびすけめの弟を救い出すというたな。まずそやつがどこへ連れて行かれたかを探し出すのが先決であろうが。なにか手でもあるのか」

『わたしは星の子とその縁のつながる者を見通すことはできますが、その所在を正確に感知することはできません』と琥珀は言った。

『星の子の弟は現在、おそらく誘拐者であろう人間に抱かれて、馬でどこかへ遠ざかりつつあります。その方向と距離を探し出すのが先です。闇の司祭よ、あなたには、誘拐者たちのあとを追うことができますか』

「おう、できるわい、そいつら自身か、もしくは王子の精神波のかたちを確認できればな」不機嫌そうにグラチウスは言った。

「なんぼわしでも、見も知らん相手を中原全体の中から見つけだすことなどできるものか。イシュタールの王宮なり、なんなり、王子の痕跡か、またはその誘拐者どもの通っていったあとを見つけて、そこから臭跡を追うことになろうよ。まったく、このグラチウスが、猟犬のようなまねをさせられるとは――」

『ではやはり、イシュタールにある程度接近する必要がありますね。星の子よ、こわくはありませんか』

「スーティ、こわくないよ」きっぱりとスーティは言った。ウーラのぶあつい毛皮に頬を埋めて、ぱっちり目を見開いている顔は桃色に紅潮している。

「おとーと、こわがってるの、こはく？　スーティ、はやくおとーと、たすけてあげなきゃ」

「イシュタールに入るのは結構だがの、石ころめ、わしらがいったいどんな一行に見えるというのだ」

グラチウスが口をとがらせ、袖をひろげてまわりを指し示した。

「きさまは人には見えんようだからいいかもしれんが、わしらを見い。年寄りと子供はなんとかごまかすとしても、そこの狼めはどうするのだ。ただの犬でもこれだけでかければ人目を引くであろうに、ノスフェラスから来た銀色の大狼など、なんぼ目立つかわからんぞ」

「わんわん？」

スーティはふしぎそうにウーラを見上げた。ウーラは穏やかな目でスーティを見返すと、するりと身体をほどいて離れた。スーティが目を丸くして見守る前で、くるりと身をひるがえして一回転する。銀色の巨体がひるがえると、狼は消えて、そこには、たてがみのような銀髪を逆立てた、きわめて長身のがっちりした人間の若者が片膝をついていた。

「わんわん、にんげんになったの、わんわん！」

スーティがとびはねて手をたたく。ウーラだった男は狼そっくりのしぐさで頭を振り、ぶるっと身震いしてスーティにほほえみかけた。

牙そっくりの大きな犬歯がのぞくかなり剣呑《けんのん》な感じの笑みだったが、スーティのほうは大喜びしてとびついていった。若者はらくらくとスーティを抱え上げ、広い肩に座らせた。

太い腕は褐色で、分厚い胸もたいらな腹も、みななめらかな金褐色だ。顔立ちは王族のように高貴に整っているが、同時にどこか獰猛な、野生の香をただよわせている。肩からは狼の毛皮を垂らして半身を覆い、蛮族風の皮の胸当てと腰布をつけ、手と足には獣皮を巻いている。狼王の名残は以前と同じ金色の双眸と、逆立って腰まで垂れる、長い銀色のたてがみめいた髪だけだ。

「たかい！　たかーい！」

人間ウーラの肩に座って足をぶらぶらさせ、スーティはきゃっきゃっと笑った。

「すごくたかいね、わんわん、あれ、わんわん？　わんわんじゃないね？　でもわんわんかな？　あれ？　わんわん？」

「どっちでもいいわい。そうか、妖魔か、狼め」

グラチウスはぶつぶつ言った。

「わし一人ならば催眠ひとつで人間など何千何百いようがすり抜けるが、きさまらごときにわしの力を使うてやるのも業腹じゃい」

『催眠力もある程度制御していますよ、闇の司祭よ』琥珀が口をはさんだ。『周囲の人間を操って星の子を奪おうとすることを避けるためです。今のあなたは、あくまで最小限の力を使用できるだけです。あなたの力《パワー》はきわめて巨大ですが、それはこの地の理に沿ったものです。それに対し、わたしの時空制御力は、わたしの主の故郷の技術によって生成されたものです。わたしの制御力はこの地の理によるものではなく、よって、あなたには抵抗する方法はありません』

グラチウスはまた呪いの言葉を吐いた。スーティはウーラの肩につかまってきょとんとしている。

『では、イシュタールへ向かいましょう』と琥珀は言った。

『イシュタールの周辺に、王子か、彼を連れていった人間の痕跡があるはずです。それを探しましょう。現在のところ、彼が無事なのはわかっています。問題は、彼がどこに連れていかれたか、です』

森を出て、一行は街道にあがった。明るい陽光のもとでは、みすぼらしい老人と狼の皮をまとった威丈夫に小さな子供、という組み合わせはやはり好奇の視線を浴びた。ウーラが狼の姿をしていれば好奇の視線どころではとどまらなかっただろうが。道行く人々はグラチウスとウーラを交互に目を丸くして見つめ、ウーラの肩にちょんとのっかっている小鳥のようなスーティに目をとめてひそひそとささやきあった。スーティは周囲の反応は気にせず、足をぶらぶらさせて歌を歌ったり、飛んできた虫や鳥に手を振ったりしてしごく機嫌良くすごしている。ウーラはほとんど表情を変えないが、スーティが空高く飛ぶ鷹の影などを見つけて歓声を上げると、それに合わせるように空を見上げて、大きい手でスーティの肩を抱いた。

グラチウスはぶすっとした顔でてくてくと二人の隣を歩み、あたりの風景にも人間にもほとんど注意を払わなかった。しわくちゃのこの老人の年寄りぶりは、ウーラとは別の意味で人目を引いた。並みならば家の奥にひっこんで、痴呆の夢を見ていても不思議ではないほどの外見である。馬鹿にしたように近づいてくるものもいたが、しかし、そんな者はグラチウスの視線を浴びると、なぜかぞっとした顔でこそこそとひきさがっていった。奇妙な強い光を放つ老人の黒い瞳は、内側に青い陰火をともしたように、見られたものの背筋をなんとなく冷たくしたのである。

道はナタールの大森林を出たところから南下して、カール河をこえ、マリナンを経由してイシュタールへ向かう経路だった。イシュタールができるまでは唯一の大都会だった、ユラニアの首都だったアルセイスへ向かう荷も多い。道行く商人たちの中には、ケス河のむこうのおそろしいノスフェラスまで足を伸ばしたと大言壮語する者もいて、グラチウスはくだらなさそうに鼻を鳴らした。

「ほんとうだぜ、俺の親父さんは、もとはモンゴールの騎士だったんだからな」

　むきになって若者が主張している。

「まえのモンゴール大公さまがノスフェラスへ軍をお送りになったとき、俺の親父さんも従軍したのさ。帰っちゃ来なかったけどな。あのおぞましいノスフェラスの怪物どもにやられちまったんだ。息子の俺は、だから、親父さんの跡をとむらいにノスフェラスまで足を伸ばしたんだ、ほんとだぜ。話に聞く以上におっそろしい場所だったよ。まっかな砂と岩がどこまでも続いてて、草も木もなくって、ひびわれた溝にひからびた泥のあとがちょびっとこびりついてるだけの土地さ」

「どうせケスの岸辺からちょっとむこうを眺めたって程度のもんだろ」

　話を聞かされている相手がやり返した。

「おまえなんぞがノスフェラスまで行ってなにするってんだい。おいらはむかし、ノスフェラスへ進軍なさるアムネリス公女さまを遠くから見た覚えがあるが、そりゃもう、まぶしいなんてどころの騒ぎじゃなかったね。英雄っちゅうのは、ああいうお方のことをいうもんさ。てめえみたいな小汚い小僧っ子が、なんぼ大層な口をきいたって太刀打ちできるもんじゃない」

　荷はナタールの大森林から切り出してきた材木を中心に、果物、穀物、農作物が多かったが、南下するにつれて、クムのほうからユラ山脈をこえてきたものも見受けられるようになった。オロイ湖の魚をひらいて干したものの束を満載した車や、水入りの樽にいれた生きた貝類、おがくずをつめた箱でごそごそ動いている蟹などが水のすえた臭いをかすかにただよわせながら進んでいく。クムの最大の産出物として、うすものを身にまとった娘たちを乗せた馬車が隊列を組んでもいた。彼女たちは馬車や荷車から首を突き出し、金髪や栗色の巻き毛を風になびかせながら、あたりかまわずちゅっちゅっと唇を鳴らして愛想をふりまいた。

「あら、すてきな美男さんがいるわね」

スーティを肩に乗せて歩くウーラに目をとめて、黄色い髪の娘が言った。

「ねえ、あんたなら銅五枚でいいわよ。あたしの胸に触ってみたくない？　とってもきれいな銀色の髪。その腕でぎゅうっと抱いてくれたら、あたし、息が詰まっちゃうかもしれないわ」

ウーラは目を向けることもしなかったが、肩に座っているスーティが驚いたように彼女を見た。女はころころと笑って、「ああら、かわいい小鳥ちゃんも！」と叫んだ。

「なんなら、そっちの小鳥ちゃんも面倒見てあげてもいいわよ。でも、おっぱいは出ないから、そっちのほうは親指でも吸っててもらうしかないかしら。それとも、やっぱり母親の胸の方がいいって感じ？」

『そっちを見てはいけません、星の子』姿を見せずに琥珀がささやき、スーティの視線をそらさせる。目をまん丸くしたスーティは、女がむき出しにして持ち上げてみせた豊満な胸から顔をそらし、小さく、「かあさま？」と呟いた。

「ずいぶん立派な身体だね、にいさん」

ウーラのそばへ寄ってきた商人らしき男が、頭上はるかにそびえる銀髪の頭を見上げて嘆声をもらした。

「剣闘士かね、それとも、拳のほうかね？　剣を持っていないところをみると拳のほうかな。みごとなもんだ！　どうかな、うちの隊商に加わって、護衛の役をやってくれんかね。お礼ははずむよ」

「あいにくじゃが、こいつは、わしの連れでな」

グラチウスが口を出した。そう言わねばならないことがいかにも気に入らない様子だったが、

「見てのとおりの年寄りと子供よ。こ奴がおらんと、身を守ってくれるものがない」

「へえ、そりゃまた妙な組み合わせだな。いったい、イシュタールへはなにしに行くんだい？」

ええ面倒な、とグラチウスの唇が声を出さずに動いたが、なんとかこらえて、

「わしは、そうさの、まあ語り部よ。これはわしの孫。イシュタールへは、……おう、そうとも、イシュトヴァーン王の事跡を聞きにゆくのさ。つまり語り部たるもの、見聞

はつねに広く持っておかねばならぬからの」

「そりゃまた、精のでるこったね」相手は首を振り、「けど、それならなおさら、俺たちといっしょに来ちゃどうだい。小さい子供がいるんなら、荷車の後ろにでも乗せてやるよ。あんたも、てくてく歩くんじゃ足腰にいいこたあないだろう。その兄さんが護衛についてくれるっていうなら、お二人をうちの車に乗せるのといっしょに、銀三枚払うよ。それでどうだい」

人間ウーラのたくましい身体がよほど気に入ったらしく、そんなことを言い出した。グラチウスはいやそうな顔をしていたが、琥珀が姿を隠したまま、『受け入れましょう』とささやいた。

『彼の申し出を受ければ、イシュタールの市門をうまくくぐり抜けることができます。催眠の術を使うより、騒ぎを起こすことがないでしょう』

グラチウスは思いきり渋面《じゅうめん》になったが、琥珀の言うことも事実であると考えたのか、結局申し込みを受けた。

スーティは芋を満載した荷車の後ろに座らせてもらってにこにこしながらがたごと揺られ、その後ろの車で、瓜と根菜に同乗させられたグラチウスが、ふてくされた顔で足を組み合わせている。ウーラは護衛としてゆっくりとスーティのいる車の横を歩み、ときおり、風のにおいをかぐように頭を上げて、人間の鼻をひくつかせていた。

そのまま四日間、起伏する丘や草原をぬけ、ささやかな宿場町を通って、赤い街道を進んだ。

護衛というほどのことはなにも起こらなかったが、いかつい若者がそばについてくれているというだけで人々は安心のようだった。スーティとウーラは宿場で一つの藁床《わらどこ》を分け合って眠り、グラチウスは、ぶつぶつ唸りながら、老人ということで馬小屋の片隅に布を積み上げた寝床をもらった。

「ええ、いまいましい」しきりにグラチウスは嘆いた。

「このわしが。このグラチウスともあろうものが。闇の司祭ともあろうものが、くさい馬どもといっしょくたにされることになるとは」

魔道を使えば一瞬にしてもっと居心地のよい寝床、やろうと思えば王侯貴族のそれのようなものを出すことも可能なはずだったが、そのような瑣事《さじ》に力を使うことは魔道師としての矜持《きょうじ》が許さなかったのか、ぶつぶつ言いながらもグラチウスはとにかくその寝床で夜明かしした。翌朝、ウーラのふところで温かく眠ったスーティが眠い目をこすりながら起き出してくると、グラチウスもふちの赤い目をして、仏頂面でごそごそ起き出してきた。

「語り部殿はご機嫌が悪いようだな。夢見でも悪かったか」

「なんでもないわい。ちょいとよく寝付けなかっただけじゃ。くそ」

投げ捨てるように言って、グラチウスは首を振った。「ああ、情けない」

五日目の昼頃になって、イシュタールの市門が近づいてきた。

背の高い大門で、石の上に白い漆喰で上塗りがしてあり、門楼の上には、槍と弩弓で武装した兵士たちが歩き回っているのが見えた。門の両側には石を刻んだ巨大な尖塔がそれぞれ聳《そび》えており、石には、ゴーラの紋章である翼ある人面の蛇と六芒星の水晶が彫られて彩色されてある。

矢狭間《やざま》の周囲は金色に塗られ、それらは陽光の下でまばたきする幾多の目のように思えた。一帯は白い石で敷かれており、馬車と人の足に踏まれて、もやのような土埃があたりをうっすら陰らせていた。

ごつい落とし格子の前にはたくさんの兵士が群れており、出ようとする者と入ろうとする者が、絡まりあってごった返していた。

門を三つに分けてそれぞれに関門を作り、武装した兵士がそれぞれに詰めて、出入りするものの荷物や車を検閲している。スーティたちのいる隊商が真ん中の列に並ぶと、隣の列で退屈そうな顔をしている一団の話が耳に入ってきた。

「いったい、こいつはなんの騒ぎだね？　まるで俺たち全員、罪人扱いじゃないか」

「なんでも、王子様を王宮から誘拐した奴がいるんだそうだよ。それで都全体が厳戒態勢で、出入りもひどく厳しいんだとか。こちとらにしちゃ迷惑な話だがね」

「へえ。王子様がねえ。たいそうなことをする奴がいるもんだ」

『話は広がっているようですね』姿を見せずに琥珀がささやいた。『中に入ってから噂を聞き集めましょう。兵士たちがどこへ向かったかを知れば、誘拐者たちがどちらの方角に向かったか知ることができるかもしれません』

列はいやになるほどゆるゆると進んだ。日が傾き、スーティがウーラの肩の上で疲れて眠りこんでしまうころになってようやく、一行は門のところにたどりついた。髭をたくわえた騎士が不機嫌そうに、巻いた紙を手に持ち、後ろで数人の兵士が固まっている。

「オロイ湖の干し魚と野菜、タイスからの薄布、木工細工で」

隊商の主人が頭を下げ、姓名と所属、運んでいる荷を並べると、騎士は不機嫌そうにもじゃもじゃの眉を寄せたままぐいと顎をしゃくった。兵士たちがばらばらと出てきて、荷車に積んだ芋と野菜、巻いた布、その他の荷物をひっくり返して回った。人間もいちいち顔をじろじろ見つめられ、その場で回ってみせるよう命じられたり、身体検査をされたりした。

「こいつは異国者だな」

ウーラのところへ来て騎士が言った。「どこの者だ？」

「タルーアンの生まれですじゃ。船に乗って流れてきた無骨者での」

主人が返事をする前にグラチウスがすばやく答えた。

「わしらはこちらのご一同に途中で加えていただいた旅の者じゃ。北方で、語り部を生業としておる。こちらイシュタールへは、英雄イシュトヴァーン王の事跡を知るためにまかりこした」

「この子供はなんだ？　このでかいのは口がきけないのか」

「子供はわしの孫じゃよ」グラチウスは言った。肩にもたれてうとうとしているスーティに騎士が手をのばすと、ウーラが身構え、歯をむいて唸った。狼そのままの、牙のような歯をむき出した獰猛な表情に、騎士はおどろいたように身を退いた。グラチウスはここぞとばかりに、

「これは少々頭が足りなくての。身体と力は人一倍じゃが、言葉をあやつることはできんのよ。その代わり、忠実なことにかけては天下一じゃ。子供には手を出さんがよいぞ、騎士殿よ、こやつに手を食いちぎられたくなければな」

「薄気味悪い奴らだ」

騎士はひっこめた手をふところへ入れてさするようにしている。「もういい、行け」車がごろごろと動き出した。ウーラはスーティを抱えるようにしながら険悪な一瞥《いちべつ》を騎士に向けて通った。グラチウスが肩をすくめて影のようにすり抜けると、姿を隠した琥珀が、

『あまり人目を引くことをしてはいけません』と非難した。

『ここへはドリアン王子の誘拐者の痕跡を探しに来ているのです。兵士を必要以上に刺激するのはよくありません。かれらはただの門番にすぎない。追跡隊の本体がどこへ向かったのかを確かめなければ』

「やかましいのう、わかっとるわい」グラチウスはささやき返した。

「とにかく、中へははいったんじゃ。ぐずぐず言わずについてきとれ、小娘めが。この中ではわしがいちばん常識があるのを忘れるでないわ」

常識などという俗な言葉を口にしただけで舌が曲がるといいたげに、グラチウスは顔をしかめた。

隊商とは門を抜け、市場のほうへ向いていくところで別れた。ウーラの立派な体格をしきりに主人は惜しがり、ここからの帰りにも護衛としてついてきてくれるなら金貨三枚を払おうとまで言ったが、グラチウスは、

「残念じゃが、こいつはわしら以外の人間には気を許さんでな」と首を振ってみせた。

「こ奴は孫の友人での。孫から引き離すには、金貨の百枚や二百枚でもとうてい足りなかろうよ。こ奴は実は狼での、一度従うと決めた人間のほかには、けっして頭を下げることがないのじゃ」

「そうなのか。惜しいなあ」

スーティはうたたねから目を覚まして、ふっくらした手で両目をこすっている。大き

な手を子供の背に回したウーラは、暮れはじめた空に大きくそびえ立ちながら、たてがみめいた銀髪と彫りの深い高貴な横顔を薄暮にうかばせ、物思いにふけるような表情をしていた。

「まあ、気が変わったらジャール通りの〈家猫亭〉まで知らせてくれよ。あんたがたも、用が済んだら北へ帰るんだろう。よかったら、あんたたちもまた乗せてやるから、十日くらいは街にいるよ。ぜひ、来とくれ」

なおもしつこく約束させようとする相手をなんとか押して、離れることができたときにはもうあたりは暗くなっていた。スーティはウーラに抱かれて、まだ眠そうに目を擦っている。

『一度どこかで休憩した方がよいかもしれませんね』

琥珀の声がささやいた。

『星の子は疲れています。すぐに街中に出るのは無理です』

「スーティ、ねむくないよ」スーティはぴんと背筋をのばしたが、そうする先からふわふわとあくびが出て、ウーラの肩にもたれかかってしまう。

「どこか宿を取って、子供だけ寝かせておけばいいじゃろ」

グラチウスは首を伸ばしてあたりを眺めながら言った。

「うまいこと金もできたことではある。こいつでどこかまともな宿に子供を寝かせておいて、わしらだけで王子の誘拐者を追跡すればよかろう。子供がいない方が、身動きが軽くてよいであろうしの」

『安全でしょうか？』

「きさまがわしに保護の術をかけさせれば、百万の軍勢に守られるより安全じゃわい」

苛立ったようにグラチウスは言い返した。

「なにも子供がおらねば後を追えぬというわけではあるまい。心配ならばきさまが残って子供の番をすればよい。わしとそこな人狼《ひとおおかみ》が、臭いをかぎだしてくるのを待つがよかろう。どうせ年寄りをこき使うのであれば、下手な情などかけぬがよいわ」

『では、そのように』しばらくためらってから、琥珀は言った。

『確かにあなたの言うとおり、星の子は探索に連れてゆかない方が安全でしょう。保護の術をかけることを許します、闇の司祭。ただし、それに乗じて、星の子を異空間に引き込んだり閉じこめたりすることはなりません。おわかりですね』

「ああ、くそ、わかっとるわい、そんなことは」

足を踏み鳴らしてグラチウスは歯ぎしりし、首のいまいましい輪をひっかいた。

隊商はウーラの護衛の礼に銀三枚と、多少の色もつけてくれたので、宿屋はすぐに見つかった。太って血色のいいおかみのいる快適そうな明るい宿で、スーティの世話を頼むと、仰山な声をあげて子供を抱き取った。

「まあまあ、かわいいお子さんだこと。お連れの方はお出かけ？　ええもう、それはきちんとお世話させていただきますとも。安心していってらっしゃいましな。お目覚ましになっても泣いたりなさらないかしら。まあ、お目目をつむって、ほんとうにおかわいらしいこと」

部屋をとってスーティを寝かせ、念のためにグラチウスが——きわめて不機嫌な顔をしつつも——保護の術をかけ、害意のあるものがスーティに近づかないようにさせておく。おかみは食事も用意しようと申し出たが、グラチウスもウーラも、また琥珀も、通常の食事はあまり必要としないとあって、断った。

「街で用事のついでに食べるでの、かまわんでくれ。子供のこと、くれぐれもよろしく頼むぞよ」

ぐっすり眠りこんでいるスーティを宿に残して、グラチウスとウーラは宿を出た。琥珀があとに残って、万が一に備えてスーティのそばにつく。

「うるさいのがいなくなったわい」宿を離れると、吐き捨てるようにグラチウスは言った。聞きとがめたように、ウーラが喉の奥でうぅっと唸る。グラチウスはウーラを横目で見て、

「おまえもやかましいわ、狼王。わしが喜んでやっているとでも思っておるなら大間違いじゃぞ。……ええ、くそ、さて、王子さらいの奴らのにおいはどのへんで嗅ぐことが

できるかの」

イシュタールはもと旧サウル皇帝領の街、バルヴィナをたてなおして造った都である。暮れなずむイシュタールの街並みは、バルヴィナ時代の古い建物と、イシュタールになってからたてなおされた新しい建物が奇妙に混交している。くすんだ木と漆喰の建物が傾きかけている横に、まだ建って日も浅いだろうと思われる石造りの館があって、おおぜいの人間が出入りしている。

道は大通りでは石で舗装されているが、一本裏へ入ると、すぐに泥まみれの汚い道になった。赤灯をかかげた娼館はバルヴィナのころの、ユラニア風の優美な赤い格子と欄干をもっているが、その向かいにある大きな問屋は、無骨で実用一点張りの石組み造りで、前面と横に開いた出入り口から、夜になっても途切れない商品の流れが、荷運び人の背に背負われて続いている。

新しい家々に出入りしている人間はたいてい身なりもよく、忙しげだが、みすぼらしい古い建物にうずくまっている人々は古着を着、裸足で、飢えたような目つきで道行く商品の荷を眺めている。場所によっては古い家がぎっしりと密集しており、そこでは、崩れかけた壁とぼさぼさに逆立った藁屋根や土をかぶせた屋根が押し合いへし合いしていて、下のうす闇からは、いくつもの目が小動物のそれのように光っていた。ウーラが通りすぎると、小さな影がさっと走って、鼠のようにちょろりと隠れた。裸足で、ほぼ裸体、髪の毛を振り乱した子供のように見えたが、よくはわからない。グラチウスは首を振り、何か唸るような声をあげてうるさげに舌を鳴らした。

王宮はゆるい丘陵の上にあって、ここからだと、城壁になびく旗といくつかの塔の影が夜空に黒く見えている。王宮はイシュタールになってからの建築物の最たるものだが、角張った輪郭とぎざぎざした城壁の輪郭は、古風なユラニア風とは異質な、なにか冷たく無機質な感じのものだった。

夜になっても、いちばん目立つのは兵士だった。大門のところにいたのと同じような騎士と兵士たちの集団がいくつも歩き回り、少しでもあやしいと考えた者に片端から目をつけて尋問している。市場はまた違った場所にあるらしく、グラチウスとウーラが歩いているあたりにはあまりにぎやかな人通りはなかったが、その分、兵士ばかりがよく目についた。彼らはじろじろと道行く人間を眺め、ちょっとでも気にさわったものがあれば声を荒らげて呼び止めた。

グラチウスとウーラも目立った。門で尋問されたのと同じく、数丁歩くとたちどころに目をつけられ、呼び止められていちいち問い詰められた。腰の曲がった老人のグラチウスはともかく、狼の毛皮をまとった褐色の巨漢のウーラは人目を引かずにはいない。あまりにも足止めされるので、ついにグラチウスが我慢の限界に達した。

「ええ、もうたくさんじゃ、こんな有象無象どもの相手などしておられるか。あの小娘めがなんといおうと、わしは、目くらましを使うぞ、くそめが。いちいちこんなものども相手に、かまってはおられんわい」

　グラチウスが印を切り、何事かを唱えると、ウーラとグラチウスの周囲を一瞬あわい微光が包んで消えた。兵士たちに見つかればよけい目をつけられて問い詰められかねない出来事だったが、それきり、呼び止められることはやんだ。めくらましは効いていて、二人の姿を人目から隠しているらしい。

「やれやれじゃわい」とグラチウスは額をこすり、それから腹立たしげに、「ええ、いまいましい、この闇の司祭ともあろうものが」と声高にののしった。ウーラは関心もなさげな顔で、一心に顔を上げ、風のにおいをかぐように首を突き出している。ぶつぶつと文句を言い続けているグラチウスの袖を引き、ううっと唸った。

「わかった、わかった、そうひっぱるでないわい。……くそっ、この首輪めが、こんなものをつけられて、このわしが、このグラチウスともあろう者が……」

4

朝、日の出とともに、王子をつれた一行は廃砦を出た。

ドリアン王子はアリサ・フェルドリックの腕に抱かれ、馬に乗せられて、黒衣の騎士の一団に厳重に守られている。アリオン伯が列の先頭に立ち、アストリアスはその少し後ろについた。足の悪いハラスは特別な補助具のついた鞍に身体を縛りつけ、アストリアスのさらに少し後ろについている。

朝もやの中で、アストリアスはすでにハラスの顔が苦痛に青ざめているのを見て取っていた。歩くのにも不自由するほどの障害を抱えた彼が、無理に馬などに乗って快適であるはずがない。本来なら彼はここまで来るはずではなかったのだが、是非にと望んでここまで同行してきたのだという話だった。

ハラスとイシュトヴァーンの間に何があったのか、アストリアスは話でしか知らない。ただ身体を完全に損なうほどに痛めつけられ、戦士としての機能を失わせられたことが、恨みでないわけはないと思う。

ハラスのほうは、アストリアスに対して一種仲間のような感情を抱いているらしかった。拷問された相手は違うにせよ、同じように虐待され、二度と取り返しのつかない損傷を肉体に与えられたという点において、二人は同じだった。アストリアスは後ろをついてくるハラスの荒い呼吸を聞いて、思わず、自分の仮面に触れた。固い感触に、はたしてこれはハラスが失ったものと等価だろうかといぶかった。少なくともアストリアスは、まだ戦士として剣をとることはできる。そのことがさらにいらだちを増す種ではないかと思ったこともあるが。

アストリアスがアムネリスに恋着していたことはみなが知っていた。彼がパロに幽閉されていた間に、結婚式に乱入して花婿を手にかけた彼の行為は、一種の英雄的な事跡にまつりあげられていたのだ。悪辣なパロのクリスタル公のたくらみを見抜き、公女をそこから救い出そうとしたとして。アムネリスへの恋も彩りとなって、ハラスや若いランズなどは、必要以上にあのアストリアスの愚挙を美化しているように思えた。

だがあれは英雄的なものなどではなかった、とアストリアスは思う。その前後の記憶はあやふやにかすみ、自らの意志で短剣を手に取ったかどうかも、アストリアスにはあきらかでないのだ。

誰か、姿のはっきりしない相手に、手をとって短剣を握らされ、どこかへ連れていかれて、さあ、あの相手を刺してくるのだと、指さされたような記憶がぼんやりとある。

自分はほとんど人形のように無感覚であり、悪夢の中をさまようように、ぼんやりと遠くから聞こえてくる命令の声に従っていただけだ。

突き動かしていたのは愛でさえなかった、とアストリアスは思う。アムネリスを愛していたし憧れていた、そのことに関しては疑わない。だが、みなが称揚《しょうよう》するあの結婚式の一撃は、愛のなせる壮図《そうと》などではなく、何か、もっと隠微なもの、冷徹で非情な計算のもとに動かされた駒であったと思えるのだ。

殺されたと思われたクリスタル公は実は替え玉であったという。反モンゴールにたちあがったパロ市民がモンゴール兵の前に蹂躙されんとしたとき、彗星のように生きた姿を現して、民衆を率いたという。

あの襲撃と死はすべて仕組まれたものであり、アストリアスはその手先として踊らされたにすぎない。長い虜囚の日々ののち、何があったかを知るにつれてアストリアスのうちに募ってきたのは、怒りというより深い虚無感であった。

自分はアムネリスを愛していた。アムネリスがクリスタル公との婚姻を発表したときは許せぬとも感じた。だがだからといって、花婿を殺せば自分がその代わりになれるとうぬぼれるわけもない。アムネリスがほかの男の手に渡ることを許せぬと思うほど血迷ってもいない。

確かに、伯爵の息子として大公女アムネリスをめとる夢を見たことがないとは言わない。だがそれはあくまで若さゆえの虹のような夢であって、実現する、させるといったほどの強いものではなかった。

年月がたち、アムネリスも死んでみて思うことは、若かった自分はけっきょく幻影に恋をしていただけにすぎないのだということだった。ノスフェラスでさっそうと先陣を切っていた戦女神に、自分は恋をしていた。誇り高くあでやかで、その名のごとくアムネリアの花のような華麗な彼女に惹かれていた。だがそれは、ただ外面のみを見ていただけ、アムネリスという女性を知った上での、ほんとうの恋ではなかった。

アストリアスの知らぬところでアムネリスは死んだ。イシュトヴァーンの子を孕み、大公位を奪われて、幽閉された上での自死だったという。確かにそれは誇り高い死であり、モンゴールの最後の大公としての死だったろう。だが、かつてアストリアスが愛した、白馬にまたがり金髪をなびかせて進む女将軍は、そのような死とは無縁のはずだった。アストリアスの愛した彼女はいつまでも金色に輝き、美しく気高かった。

ただひとつ、あの双眸。あの婚姻の席で自分に据えられた、恐怖に満ちたあのふたつの緑玉。

あれは幻影ではなかった。ある意味で、あれがアストリアスの夢をさましたのかもしれなかった。アストリアスの知るアムネリスは恐怖も、動揺も知らず、誇り高いイラナとして全軍の前を駆け抜けていく輝く面影だった。恐怖、ましてや、アストリアスひとりに対して、そのような恐れなど抱くはずがなかった。怒りや、いっそ憎悪であれば、まだしも理解できた。女神が恐れるなど、あっていいはずがなかった。新婚の夫婦に向かって短剣を振りかざしたあの瞬間に、アストリアスは、胸に抱いていた女神が、実はただの人間の女であることを知ったのだ。

後ろを進む馬が意識された。騎士たちに守られ、粛々と進む一頭の馬。

その上に、アムネリスの血を継いだ息子がいる。イシュトヴァーンとアムネリスの間に生まれた子供。この息子を産んでアムネリスは自害したという。

イシュトヴァーンを自分が憎んでいるのかどうか、いまではアストリアスはよくわからなくなっていた。アムネリスを虐待し、死なせたという意味においては憎い。少なくとも、憎むべきであると考える。あの結婚式に乱入したさだかならぬ瞬間のように、アムネリスを手に入れた自分でない男への嫉妬もないとは言えない。

しかし、すべてが自分の知らぬところで行われ、終わってしまったあとになってみると、すべては遠い物語のようだった。むかし、女神を愛していた。彼女のためには命もいらないと考えたこともあった。しかしそれは、それだけのことで、そのあとのことは灰色のもやの中に消えていた。そして恐怖。緑の瞳に満ちた恐怖だけが、さだかならぬ記憶の中心でめらめらと燃えている。

子供はどこへ連れていかれるのだろうと思った。この計画の全貌はアストリアスには知らされていない。彼はあくまで構成員のひとりで、くわしいことを知っているのは後援者の代理人であるホン・ウェンと、指導者として活動しているアリオン伯だけだった。

のぼり始めた太陽を見上げる。方角からして、自分たちは東へと向かっているらしかった。どこへ連れていかれるのだろう、と思い、その思いのうちには子供だけでなく、自分自身のことも含められているのを知った。

親のもとから引き離され、他人の手で利用されるために運ばれていく幼児と、なにも知らないまま駒として引きずり回されている自分と。どちらも変わらないと思った。泣き声ひとつあげない子供は、はたして自分のことをどう感じているのだろう。

前方で声があがり、アストリアスの暗い物思いを破った。木々を縫う細い道の先に、馬車を連ねた一隊が姿を見せていた。後ろから、アリオン伯が馬に拍車を入れて追い抜いていった。あとからホン・ウェンの馬が続く。馬車からじみな服装をした数人の男たちが出てきて、アリオン伯の周囲に集まった。ハラスが身体をななめにしてふらつきながら前へ出てきて、アストリアスの横に並んだ。

「後援者とやらのお出ましのようですね」

ようやく姿を見せる気になったというわけか、とアストリアスは思った。

人が分かれ、中から黄色いマントを身体に巻きつけた、恰幅のよい男が進み出てきた。藁色の髭を顔の下半分に生やし、やわらかい脂肪を喉のまわりにたるませている。突き出た腹の上でゆったりと手を組み、すべるような足取りでアストリアスたちに近づいてきた。

ハラスが馬を下りようとしてもがき、苦鳴を漏らした。アストリアスは馬をすべり降り、地面に降り立とうとするハラスに手を貸した。アストリアスに支えられてハラスがまっすぐ立つまで、男は注意深い顔で分厚いまぶたを半分下げてこちらを見つめていた。

「その二人は私の部下だ、オル・ファン」

あとからやってきたアリオン伯がぶしつけに言った。俺はあんたの部下になった記憶は一度もないぞ、とアストリアスは思った。オル・ファンと呼ばれた男はおお、の形に口を開いただけで声は出さず、くるりと踵で回ってアリオン伯に向かい、

「それでは、アムネリス様のご子息は無事に救出することができたのですな？」と言った。

こいつは、イシュトヴァーンの息子とは言わなかったぞ、とアストリアスは気づいた。しかも、誘拐するのではなく、救出する、と言った。

「そうだ。あそこにいる。おい、こちらへ」

アリオン伯は手を挙げて呼んだ。黒衣の騎士に囲まれたアリサ・フェルドリックが、おどおどした様子でやってきて、助けおろされた。布にくるまれ、彼女の肩からつるされたドリアン王子は目をぱっちりと大きく見開き、相変わらず、泣きもしなければむず

かることもなかった。王宮で、目の前で女官を切り倒されて以来、この幼児からはすべての感情が消えてしまったように思えた。

「よろしい、よろしい」

オル・ファンは髭をなでながら何度もうなずき、赤ん坊のそばへ寄って、のぞき込んだ。蠟のような白い頬に指を伸ばしてちょっとつつき、子供がぴくっとするのを見ておどけた顔をしてみせる。子供は笑わなかった。やはり白い顔をして、娘の腕の中で固く身を突っ張らせている。

「おとなしいお子だ」肩をすくめて、オル・ファンは後へ下がった。「知能に問題があるということはないのですかな？」

「そのような話は聞いていない。われらの王子に何か疵《きず》でもあるというのか？」

アリオン伯がむっとしたように言った。オル・ファンはあわてたようにいやいや、と手を振り、

「ただ、あまりにもおとなしくていらっしゃるので、ね……さあ、ここから先は、馬車にお乗りください。落ち着ける場所までお供しましょう」

「どこへ行くのだ？」とアストリアスは言った。オル・ファンがさっとアストリアスを見た。アリオン伯もとがめるようにアストリアスを睨んだ。

「われわれの王子にふさわしい場所へ」とオル・ファンは言った。

「そして僭王イシュトヴァーン打倒のための人々が集まる場所へ。この王子さえおられれば、玉座を占めるならず者を追い落とすことは確実となりましょう」

それから前へ進み出て、あっと言う間もなくアリサの手からドリアンを抱き取った。そして高々と宙にかかげ、「見よ！」と叫んだ。

「見よ！　正統なるモンゴールの大公、われらが幼き主を！」

わっと声が上がった。居並んだ騎士や兵士たち、男たちが、盾と剣をあげ、あるいは拳や腕を突きあげて歓声を放った。そばでハラスが声をあげようとしてよろめき、アストリアスにもたれかかってきた。アストリアスもともに声をあげようとしたが、その声は、かたまりのように喉につかえた。子供だ、と彼は思った。なにも知らない子供だ。他人に好きなように動かされることしかできない子供だ。

そして彼もまた他人に駒のように動かされてきたのだった。ふたたび脳裏で緑の瞳がまたたき、それは、いつのまにか子供の濃いまつげに囲まれた不思議な瞳に変わった。母親の緑の瞳に、金茶の斑が散った独特の目。アムネリスの瞳に深々と見入ったのは、彼女に最後に会ったときだった。その時自分は、彼女にとって恐怖の化身だった。はたしてこの子供にとって、自分は、いったいどんなものになるのだろうとアストリアスはいぶかった。

5

　イシュタールの通りは相変わらず兵士たちが行き来していたが、グラチウスのめくらましが効いて、呼び止められることはなくなった。それでもウーラは狼のしのび歩きで音も立てずに歩み、ときおり、兵士がこちらを見たり、そばを通ったりすると、怒ったように低く唸った。

「静かにせんかい、狼め、そんな暇があったらようく鼻をひらいて臭いをかいでおけ。捜索隊がどこへ出たのか、ふん、こいつら下っ端どもではわかっておるわけはないか。王宮へは入りこめぬかな」

　ぶつぶつ言っているグラチウスも背をかがめ、どこか抜き足差し足で歩いている。いつになく、自分の力が制限されているという事実に臆病になっているらしい。夜風がしょぼしょぼと生えた白髪をそよがせている。落ちくぼんだ目をきょろきょろとせわしく左右に動かして聞き耳を立てているのだが、思ったような話は入ってこないようだ。

「やはり王宮か、せめて王宮の近くへ行って探すしかないようじゃの。はて、子さらいども、どこへ逃げおったか」ウーラに倣うように空中に鼻を突き出して、「ゴーラの王子か。イシュトヴァーンの息子をさらうとすれば、まず、あ奴に恨みのあるものか、さもなくばモンゴールの残党……まあ、おそらくは、モンゴールのものと考えるが近いじゃろうな。脈のあるのはトーラスの都市か、それともユラニアか、クムのどこかか。いずれにせよ、モンゴール大公家の血筋を奉じてゴーラを取り込みたいいずれかの国が後ろ盾であろう。すればイシュタールを出たあとどこへ向かったにせよ、いずれはアルセイスか、さなくば、ルーアンかトーラスか。いっそのこと、誘拐者を追いかけるよりも、きゃつらが行きそうな都市へ先回りした方がよくはないか。いや、大きい都市へ行くともかぎらんな。その近くの片田舎へでもひっこまれると、ちと厄介になる。やはり隠れられるより先に、道中で追いついた方が確かか……と」

根が陰謀好きでこういうことを考え巡らせるのが得意なだけあって、好きで巻き込まれたのではないにもかかわらず、いつの間にかグラチウスは懸命に頭を巡らしていた。

考え考え歩いていた先に、どんとウーラに突き当たった。

「なんじゃい、狼め。ぼんやりせんと、しゃきしゃき進まんかい」

拳を振りまわして文句をいったが、ウーラの方は、身構えるように前かがみになってじっと一点を見つめている。

見ると、一軒の家に兵士がむらがって、中から次々と荷物を運び出していた。一人の女が泣きながら、やめるようにとすがりついて頼んでいるのを一顧だにしない。

「お願いでございます、そのような、大それたことなど、わたくしどもはなにも」

女はすすり泣いた。灰色の髪をした女で、まだそれほどの年ではないようだが、心労が一気に年をとらせたような見かけだった。

「娘がどうして賊などに通じておりましょう。あの子はそんな子ではございません。あの子は、あの子は侵入してきた賊に斬り殺されたのでございます、それなのに、どうしてこの上わたくしどもに苦しみをおかけになりますの、お願いでございます、お頼み申し上げます」

「うるさいぞ、ばばあ、お前も拘束しろと命ぜられているのだ。お情けで縛りあげないでおこうと思ったのだが、気分を変えてもよいのだぞ」

兵士のひとりが剣を抜いて女の鼻先でひらめかせた。女はかぼそい悲鳴を上げ、その場にくずおれた。ウーラがつと前に出た。

「あ、こりゃ」

グラチウスがあせって手を伸ばす前に、ウーラは影のように走っていき、兵士たちの真ん中へつっこんでいった。

「うわっ、きさま……」

なんだ、どうした、という声はたちまち悲鳴や怒声にのまれた。ウーラは狼の時と同様、電光のように動いて周囲のものを吹き飛ばし、弾き飛ばした。むいた歯が牙のように白く光る。喉へ食いつくことはしなかったが、たちまち、そこにいた十人ほどの兵士をすべてその場にうち倒してしまった。最後に残ったひとりが、あえぎながら呼び子を口に当てて、鳴らした。ぴいっという甲高い音が響き渡り、遠くで、なにか騒ぎ立てるいくつかの集団の声がした。

「ええこいつ、何をしておるのじゃ、この、くそ狼め」

あわててひょこひょこと駆けていったグラチウスは、飛び上がるようにしてウーラに拳を振り上げた。

「せっかくわしがめくらましをかけておったに、飛び出しおって、隠密が台無しではないか。さ、早う来い、いまの兵士が仲間を呼んだぞ。騒ぎになると面倒じゃ、とっととこの場を離れるぞ、さあ来い。来んか、ほら」

「あ、あの、ありがとうございます。感謝いたします」

地面にうずくまっていた女がおそるおそる頭を上げた。

「どこのお方か存じませんが、お助けくださり、ありがとうございます。娘を奪われた上に、身に覚えもない罪をかぶせられて、連れてゆかれるところだったのでございます。あの、どちらのお方様でございましょうか」

「なあに、気にされるほどの者ではないわい」

グラチウスとしては早くここから離れたいのである。そわそわと周囲を気にしながら、

「ちょっとした通りすがりの者にすぎんよ。まあ、乱暴されんでよかったと思うことじゃ。お前さんも、早うここから逃げたほうがよい。すぐに兵士が集まってくるぞよ」

「ああ、どうして、こんなことに」

女は顔を覆って泣き声をあげた。

「せっかく王宮にあがったと思って喜んでいたら、娘は殺されて、しかも、わたくしまで身に覚えのない罪を……王子様の誘拐なんて、どうしてそんなだいそれたことを、娘も、わたくしも、できるはずがありませんのに」

「む。ちと待て。いま、王子の誘拐というたかな」

ふと、グラチウスは目を光らせた。

「はい。わたくしの娘は、女官のひとりとして王宮にあがっておりました」女は涙を拭って、「それが、このたび王子様をさらった賊に、斬り殺されまして……まるで、それだけでは足りぬとでもいうように、おまえの娘は、賊どもの手引きをしていた疑いがあるとおっしゃって、家まで押しかけてこられたのです。娘は殺されたのでございます、なにも知らずに切り倒されたのでございますといくら申し上げても、口をふさぐために殺されたのだろう、母親のわたくしも、娘と共謀して王子を賊の手に渡したのだろうと責められて、家のものを奪われ、わたくしも、どこかへ引っぱって行かれるところでご

ざいました」

「ならず者同然のしわざじゃな」

道のはしに積み上げられた家財道具を見て、グラチウスは鼻を鳴らした。

「イシュトヴァーン王は不在、宰相のカメロンは死んだとあって、軍紀はどうやらかなり乱れておるの。この事件で殺されたものの縁者になんくせをつけて、金や道具を奪い取るとは、盗賊とよばれても仕方がなかろう」

そんなことはどうでもいいというように、ウーラが首を振った。金色に光る眼で、女をじっと見つめる。「おお、そうじゃ」とグラチウスも気づいて、

「おぬし、娘が王宮で殺されたというておったの。おぬし自身は、王宮に入ったことはないのかの」

「はい、それは。わたくしも、王宮の下働きをしておりまして、厨房の手伝いをしたり、ときどきは兵士の方などにお飲み物や食事を運んだりしておりましたので、王宮へはよく出入りしておりました。娘が王宮へあがることになったのも、わたくしのところへ来ていたのがお目にとまったのがもとで」

それがもとで若い命を散らすことになった、とあらためて涙にくれる女に、「のう、それではの」とグラチウスは肩に手をかけた。

「わしらは、実はお上から命を受けて、王子をさらった賊を追いかけておる。あのよう

なぼんくら兵士などはほっておけ。王子が連れてゆかれた先を知るために、一度王宮へ入る必要があるのじゃ。おぬし、ちと案内してくれぬかの」

「え、それは——」

ぎょっとしたように女は顔を上げ、そんなことは——と続けようとしたが、言葉をとぎらせ、とろりとした光をたたえたグラチウスの目に、吸い込まれるように見入った。

「王宮にお入りになりたいのですね」

「そうじゃ。見とがめられる心配はせんでよい。手立てがあるでの」

「承知いたしました。では、わたくしについておいでになってください」

それもまどわしの術の一つか、あるいは、この程度であれば魔道を使う必要さえないのか、あやしく光るグラチウスの目に見据えられたのみで、女は操られるように立ちあがり、グラチウスの先に立って歩き始めた。後についてゆきながら、グラチウスは振り返って、大股に歩くウーラに向かい、

「おぬし、この女が王宮への手がかりになると気づいて助けに入ったのかの、狼」

ウーラはまたたかない金色の瞳でじっとグラチウスを見返しただけだった。

女のあとについてグラチウスとウーラは街を忍び抜けた。兵士はついてはこなかった。遠くでわっわっと騒ぐ声が聞こえ、呼び子が乱れて鳴らされる音が交錯したが、近づいてくることはなかった。女は無事に二人を、イシュタール王宮の小さな勝手口に導いた。

それは白い壁にあいた荷車が通れるほどの出入り口で、夜になっても、布の梱《こり》をかついだ下男や野菜籠をもった女、足をむき出しにした洗濯女、退屈そうにぶらぶらしている貴族風の男、花と香草の籠を車いっぱいにつんだ一隊などが出入りしていた。中からは明るい光がさし、鍋や食器のぶつかる音や水の流れる音、声高にしゃべりあう声などがひっきりなしに聞こえてくる。

「あら、ユレイン、どうしたんだい。忘れ物かい」

「いいえ、ちょっと、用事を思いだして……」

そう言いながら、するりと女は戸口をくぐった。ウーラとグラチウスもするりと続く。まばたいて、ひからびた老人と銀髪の威丈夫に不審の目を向けかける者もいたが、そちらへグラチウスがちらりと視線を投げると、びくっとしてすぐに目をそらした。中庭では驢馬や荷馬が何頭か佇んでおり、男たちが汗を流しながら荷下ろしに励んでいる。厨房から脂の煮えるじゅっという音が高く響いた。

「わたくしはいつもここから上に上がります」

低声でささやきながら、女は驢馬と馬の間を通り抜けた。厨房から続くせまい廊下をさして、

「この階段を上がると、宮殿の本館のほうへ続いております。お偉い方々がいらっしゃるのはずっと上の、〈方形砦〉や〈赤の塔〉の方ですが、……」

「いや、よいよい。よく案内してくれた」

物陰に立ったまま、グラチウスは女の目の前で手をさっと振った。女の目がかげり、身体がふらつく。

「では、おぬしはしばらくここにおらぬがよかろうの。今から、持てるだけのものを持って、しばらくイシュタールを離れるがよい。兵士もイシュタールの外までは追ってはこぬであろう。縁者のものなど近くにおれば、そこへ行く方がよいのではないかの」

「アルセイスに従姉がおりますが――」

「ああ、それはよい。ではそこへ。それ、これは、餞別じゃ」

グラチウスが片袖をあげて振るようにすると、数枚の金貨がざらざらと音をたてて女の手にこぼれ落ちた。女の目もこぼれ落ちそうになった。

「まあ……こんな大金、わたくしに」

「それだけの価値があったということじゃよ。それを持って、行くがよい。くれぐれも、人には見つからんようにな」

「はい」

女は金貨でふくらんだふところを抑えて、急ぎ足に夜の街に姿を消した。ウーラが不服そうにううっと唸った。グラチウスは眉を逆立ててウーラをにらみ返し、

「なんじゃい、不服かい、狼。わしはちゃんと正直に女に礼をしてやったのに何が不服

じゃい。あれは別にあやしい金貨ではないぞよ。中原のどこへ行ってもちゃあんと使える、本物の金貨に間違いないとも。まさかわしが、力を借りた人間を騙して偽金をつかませるような人間だと思うておるわけではなかろうの」

ウーラは肩をすくめるような仕草をし、喉の奥でなにか音を立てた。グラチウスはそれ以上取り合わず、憤然として大股に歩み、イシュタールの王宮の中へ踏み入った。

「さて、王子のおった場所じゃ」

すたすたと廊下を歩みながらグラチウスは呟いた。両手をあげて糸を繰るような手つきをすると、手のひらの上に、細い光の糸で編んだような場内の見取り図が現れた。光はひっきりなしに震えたり揺れたりするが、いくつか、糸の上にこぶのように大きく膨らみを持って揺れている場所がある。

ウーラが顔を近づけてきたのをそうとったのか、グラチウスはうるさそうに言い、

『これは何か』と？」

「この宮殿におる人間の生命エネルギーを図にしたものじゃわ。見い、守りの堅いところほど光が強いわ。この光の強いところのいずれかが、攫《さら》われた王子のおった所よ。現場は特にきびしくかためられておるであろうでな。この光を追うて行けば、ドリアン王子の臭跡の残る場所にたどり着けよう」

ウーラをじろりと見て、「なんじゃい、疑うのかい」と声を荒らげる。

「このわし、闇の司祭グラチウスに対してなんという態度じゃ。あのいまいましい小娘などにしてやられねば、王子どころか、たかがくそがきの二人や三人や四人、あっという間に探し当てて取り戻してみせるものを、それを——ええくそ、もういいわい。黙ってわしについてくるがよいわ、狼」

手の上に浮かばせた光の網を眺めながら、グラチウスとウーラは城内を進んだ。半地下の厨房と雑務用の通路を抜けると、白い大理石で張られた広い廊下に出た。壁には硝子と水晶でできた洋灯が輝き、垂れ下がった金の飾りが光にきらめいている。数人の貴族らしき若い男女が低い声で話し合いながら通りすぎたが、グラチウスたちのほうは見ない。まだめくらましは順調に効いているようだ。

そのまままっすぐ進んで奥へと向かう。廊下を抜けると入り口に紅色の薄絹を垂らした婦人室と、扉を閉めた居室の並ぶ一隅があり、そこでも、兵士が立ち番をしていた。侍女らしき姿も見えるが、宮城全体を包む緊迫した雰囲気に気圧されているのか、足音もひそめがちで身をかがめてこそこそと歩いている。

そのまま、いくつかの広間を通り抜けた。ウーラはともかく、各国の王宮の絢爛豪華なしつらえを見慣れているグラチウスにとって、新造のイシュタール王宮は、少々見劣りのするものにうつった。

紅玉宮の名で知られ、老いたりとはいえ歴史ある調度と緋色で飾られていたかつてのユラニア王宮に比べると、イシュタール王宮は豪華ではあっても新造ならではで、どこか重みに欠ける部分が目についた。壁はすべて白く、あちこちに飾布がかけられているがすべてではないし、床も磨かれた石ではあっても紅玉宮の重厚と豪華にはほど遠く、家具調度もそれなりに豪勢なものを選んであっても、やはり細工の緻密さ、歴史のもたらす風格などにおいて、ほかの国の王宮の品には数歩およばない。寝椅子ひとつ、物入れひとつとっても、螺鈿《らでん》と銀と水晶で繊細な意匠を施すパロや、黄金ととりどりの宝石に紋章を入れてそろえるユラニアとは違って、寄せ集め感が強く、いかにも、まだできたばかりの国家が、かたちばかりこしらえた建物、という感を強く与えた。

「無粋な場所じゃの」

噴水を造営しかけてそのままになっている中庭を通りかかって、ぶすりとグラチウスは呟いた。本来は水壷によりかかった半裸の女神像から水が弧を描いて水盤に流れおちるようになっているはずなのだが、まだ作業中なのか、女神像は粗く形をとられただけで、細部の仕上げがまだ済まないうちにここに据えられたように見える。水盤は乾いていて、水が流れた形跡はなかった。中庭の木々はきちんと刈り込まれてととのえられているが、周囲を囲む円柱とアーチは、飾りがなくてつるりとしている。ユラニア風にするならば、ごてごてとした彫刻や彩色で飾り立てるべきものである。

灌木ばかりの庭木も、本来なら花の咲く木や草花、薔薇、アムネリアなどを大量に使って、一年じゅうあざやかな花の色と香りで満たすようにするのがユラニアの習わしだった。ユラニアではなく、ゴーラという国であり、ユラニア色を払拭することが目的だったにしても、国をまとめることに汲々として、王宮を美しく飾ったり、調度に気を遣ったりする余裕のない新興国家の色合いが、そこここに漏れ出ている。

王の不在に加えて宰相の死、その上に続いた王太子の誘拐という大事件に怯えているのか、宮廷の人間の数は驚くほど少なかった。歩いていても下級貴族らしい若者たち数人や、夫人の相手をするらしい若い娘たちが出歩いているのを見かけたばかりで、目立つ服装の貴族はまったく姿が見えない。

「どこかで隠れておるのか、それとも身の振り方を考えておるのか」

グラチウスはぶつぶつ言った。

「王はパロにいて不在、唯一の支柱である宰相は死んだ、跡継ぎの王太子は行方不明……とあっては、多少心効いたものならば手近のものをつかんでとっとと逃げ出しておろうよ。それでも逃げ出しておらぬやからは、さて、今のあいだに何をたくらむものか、王子のゆくえを探しておるのか、それともこの隙に自分がこの宮殿の主たらんと画策しておるか、さて、はて」

頭を振り、

「まあわしが今考えることではないわい、……ええ、くそ、さぞかし面白い遊びができように、まったく、小娘めがいまいましい、わしに自由にさせようならば、たかが王太子ひとり誘拐するよりもっと、楽しい遊びを仕掛けてやるものを……おっと」

手の間に浮かべた光の網に目を落として、ぴたりと足を止める。

「どうやら、ここのようだわい」

そこは王宮の本殿を出て外庭をぐるりと歩き、西側に、離宮風に離れたつくりになった建物だった。本殿からは屋根のついた通廊がずっと続いているが、だれも人影はない。離宮の入り口にはかがり火が焚かれ、槍と剣とで武装した兵士が二人、入り口の両側に立って見張りをしていた。

通廊に立ってしばらく様子をうかがっていると、十人ほどの部下を連れた騎士が巡回してきて、「異状はないか」と尋ねた。「異状ありません」と兵士がそろって答える。騎士はうなずき、部下の二人を兵士と交代させて、また離れていった。「ふむ」とグラチウスは唸った。

「これまでのめくらまし程度ではあの二人、だまされてくれなさそうだの。……ちと強くしてみるか」

そういうと、グラチウスはすたすたと歩いて兵士の正面に向かった。はじめ、兵士はグラチウスが目に入らない様子で左右に目を動かしていたが、グラチウスがそばを通り抜けようとすると、びくっとしたように目を瞬き、「何者だ！」と叫んで槍を取りなおした。

「どうした？」もう一人がぎょっとしたように身構える。

「いま、そこに誰かいた」忙しく左右に目を動かしながら、最初の兵士が、

「間違いない。俺の目の前で動いた。そら、そこにいる、動いたぞ、爺さんだ、それに
――」

　グラチウスの手の上で光がはじけた。まともに光の破片を浴びた二人はその場にくたくたと崩れ落ちて気を失った。「ええ、早く来んか」ウーラに向かってグラチウスは邪険に手を振った。

「ぐずぐずしておると先ほどの騎士隊がまわってきおる。こやつらは目が覚めても何も覚えておらんはずじゃが、人数のおる相手に見つかると面倒じゃでの。ほれ、早うこんかい」

　背の高いウーラは離宮の入り口を首を下げて通った。女性向きに作られたきゃしゃな造りの建物で、入り口には貝と波が彫られ、左右の壁には波の底に躍る魚と泡が描かれている。控え室はどれも女向けの造りで、かざりけのない衣装箱や行李が並び、使われた様子のない鏡や寝台が置いたままになっている。

　いちばん奥の部屋へ入ると、そこは、正面の庭に出られるようになった広い寝室だった。両開きの大きな窓がついていて、そこから芝生を植えた小さな庭が望める。庭には

一本の小さな楡《にれ》の木があって、夜風に葉をざわめかせているが、ほかに目立ったものはない。単なる草地といった、あまり愛想のない場所で、貴人の居場所にはあまりそぐわないつくりだった。

ウーラが鼻をあげて空気を嗅ぎ、歯をむき出して唸った。

「ほほう、におうか、うむ。わしもにおうぞ」

グラチウスは目を細めて笑顔に似た表情を作った。

「血の臭いじゃわ」

部屋の中央にある大きな寝台は取りかたづけられ、室内もちりひとつなく清掃されて、一見、そこで何事かが起こったようには思われない。だが、グラチウスと、ウーラのそれぞれ超自然に属する嗅覚は、そこで流された血と、騒乱の臭跡を嗅ぎつけていた。

「嗅げ、嗅げ、狼。王子のにおいを嗅ぎ出すのじゃ」

グラチウスの言葉にうながされるように、ウーラは頭を下げるとひらりと飛んで、もとの巨狼の姿に戻った。濡れた鼻をあちこちに押しつけ、一心に臭いをかいで回る。寝台から床、壁、調度品の一つ一つ、戸口、窓枠、窓の外のテラス、と順番に嗅いでいって、鼻をひくつかせながら庭先まで出ていった。

そこで、ううっと大きく一つ唸った。グラチウスはウーラのあとについて庭先へと出た。ウーラは庭を囲んだ灌木の生け垣に鼻を突っ込んでいた。しばらくそこで、がさがさ葉を鳴らしていたかと思うと、何か細いものをくわえて葉叢から首を引き抜いた。グラチウスは近くに寄って見た。

数本の馬の尻尾の毛が、狼の口から長く垂れ下がっていた。

第二話　ワルスタットの客

1

身体じゅうに鉛を詰め込まれたような気がする。

マリウスはうめき声をあげて寝返りをうった。いや、寝返りを打とうとして弱々しくもがいた。手足が糊で敷布に貼りつけられたように動かない。頭は寒天にひたされたかのようにぼんやりと動かず、両目の奥で鈍い苦痛がどうんどうんと太鼓を打っている。かぼそい声を漏らして首を動かすと、黒い潮がどぷりと音をたてて頭蓋の中で揺れた。

マリウスはぐったりと四肢の力を抜いてまた横たわった。

ここはどこなのだろう？　覚えているのは食卓について、うまそうな料理と美酒の数々を目にしていたことだ。焼きたての肥育鶏のにおいがまざまざとよみがえってきたが、それは食欲よりも吐き気をもよおさせただけだった。次に、つぎつぎと注がれる葡萄酒の流れと、その黒っぽい赤さのひらめきも思い出したが、それをどのくらい口に運んだかと考えると、また頭がさしこむように疼きはじめた。

酔っぱらったのだ。確かにそうだ。酔っていなかったとはいえない……いや、そうだろうか？　混乱する頭の中で思考を追いかける。そんなにたくさん呑んだだろうか。マリウスは酒に強いわけではないが、それほど弱くもない。一杯や二杯、三杯程度の葡萄酒で意識をなくすほど酔いはしないはずだ。どんなに強い酒であっても……それに、強ければ強いと、自分でちゃんとわかるはずだ。それくらいの場数は踏んでいる。あちこちの酒場で歌って、ふるまい酒のカップを傾けてきたいくつもの夜に……自分の適量というものは、それこそありとあらゆる種類の酒に関してはかってきたはずだ。パロの上等な葡萄酒から沿海州のきつい火酒、クムの甘い果実酒に北海から運ばれてきた強烈な蜂蜜酒にいたるまで——それなのに、このありさまはいったいどういうことなんだ？

百倍もの重さに感じられる腕をようやくあげてみる。浜に打ち上げられた鯨になったようだった。いくらあげようとしてもだらりと落ちてくる瞼をむりやりあけると、まわりの様子がやっと見えた。

明るさにはじめ、眼球を突き刺されたように感じて思わずか細い声を上げてまた目をつぶったが、しばらくして、また苦労のすえにおそるおそる目を開けると、それほど明るいわけでもなかった。室内を照らしているのはたった一本の蠟燭《ろうそく》で、薄黄色い光が卓上から部屋のそこここに落ちている以外は、むしろぼんやりとした影に室内はひたされている。蠟燭の火が揺れ動くのにつられてまたもや吐き気をもよおし、しばらく目をつぶっていた。長い長い時間が過ぎたように思えたあとで、ようやくまたそろそろとあけてみる。少しずつ周囲の様子がしっかり像を結びはじめた。マリウスは大きなうめき声をもらしてごろりと仰向けになった。

「誰か……」息もたえだえに呼びかけてみる。「誰か、いないの？」

返事はない。ぼんやりと見て取ったところでは、寝かされているのは、食事にいく前に入れられたのと同じ居室であるらしい。磨いた木の卓と寝椅子、火の燃えている暖炉（火は燃え尽きてほとんど熾火《おきび》になっていた）、窓の木戸はしっかりと閉じられている。寝台は広くてやわらかく、上掛けは足もとにはねられていて、枕とクッションは脇におしのけてあった。尻の下がやたらふわふわとして、おさまりが悪い。

泥の中から這い出る河馬なみの努力で、のろのろと時間をかけて起きあがる。喉が渇いて貼りつきそうだった。舌が膨れあがって、ごわごわの毛布のきれを口に押し込まれたようだ。

あえぎながら寝台の頭板に背中をよせかけた。「誰か――」とまた言いかけたが、頭をあげたせいかその声ががーんと脳天に響きわたり、思わず顔をしかめて息をのんだ。身体をまっすぐにしておくのにもひどい努力がいる。ずり落ちそうなのを必死にもちなおしながら、なにがどうなっているのかを考えようとする。

食事の席で飲み過ぎてひっくりかえった？　それで部屋に運ばれた？　むろん、そう考えるのがいちばん穏当な線ではある。あとでリギアにはひどく軽蔑されるだろうが、礼儀知らずという点をはずせばほぼ問題はない。しかしおかしいのは、そんなに呑んだという覚えもない上に、この異常なまでの身体の重さと頭痛だ。まるで何か薬でも盛られたみたいじゃないか、とぼんやり思って、ぎょっとした。薬？　そんなばかな。いったい誰が、僕に薬なんか盛ったりするんだ？　ここはワルスタット城だよな？　わけのわからない盗賊の砦なんかじゃないよな？　僕もリギアも客として歓迎されて、部屋を与えられ、夕食の席に呼ばれたはずだ。なのにどうして、薬なんか盛られることがあるんだ？

だがそれでも、単なる悪酔いとは思えない不快感と猛烈な頭痛はつのるばかりだ。マリウスは頭を振って考えをまとめようとしたが、頭が動いたとたんにまた吐きそうになってずるりと頭板からすべり落ちた。横倒しになって頭をかかえてうめく。

ああ、もう、いったいなんなんだ。どうなってるんだ。いったい、僕はどうしちまったってんだ？

しばらくそのまま気を失っていたのかもしれない。次に気がついたときには、外からなにやら潮騒のようなどよめきが聞こえてきていた。マリウスはごろりと寝返りを打ち、起きあがった。いくらか頭が軽くなり、粘りつくような身体の重さも多少ましになっている。動こうとすると視界がぐらつき、むかついたが、とにかくよろよろと寝台を降りることはできた。

窓の外からは誰かが叫び交わす声と、がちゃがちゃ何かがぶつかる音がかすかに聞こえる。マリウスは額をおさえてよろめきながら扉のところまで行き、拳をあげて戸をたたいた。

「ねえ！　ちょっと！」

むこうはしんとしている。窓の外の喧噪は変わりなく続いていた。むしろ前より大きくなったようだ。こめかみの刺すような痛みをこらえながら、マリウスは続けて扉をたたいた。

「ちょっと、ねえ、誰かいない？　喉がかわいたんだ、水をおくれよ！　いったいどうなってるんだ？　何があったの？　おーい！」

大声をたてたことでまたがーんと頭が鳴る。ふらふらとその場に尻もちをつきそうになって、マリウスはあきらめた。またよろめきながら寝台までもどり、ふらつきつつも這い上がる。なんでもいいから飲むものがほしい。冷たい水。ヴァシャの実をしぼった氷水。氷の浮いたカラム水ならなおいい。酒以外ならなんでもいい。このからからの舌と喉をなだめてくれるものならなんでも。

そのまままたしばらく、人事不省になっていたらしい。ふと目を開けると、室内にいくつもの影がゆらめいていた。ほっとして、どうやら誰かが来てくれたらしい、と視線をあげてみると、見えたのは、予測していたようなお仕着せを着た小姓などではなく、甲冑を身につけ、兜のまびさしを深くおろした兵士たちの集団だった。マリウスは度肝をぬかれた。

「え、なに、何なんだ？　どうしたっていうんだ？　君たちはいったい何だ？　僕に何の用なのさ？」

蚊の鳴くような声で抗議してみるが、いっさい意に介されなかった。兵士たちは荷物でも持ち上げるようにマリウスを寝台から引き起こすと、泣きべそをかきながら抗議するのも無視して、部屋の外へと引っ立てた。歩くこともおぼつかないマリウスを苛立ったようにこづいて、腕をひっぱって引きずるように連れ出していく。

「待って、待ってよ、ねえ、いったいどうしたっていうんだよ」

一歩一歩が金槌で殴られたようにがーんと頭に響く。泣き声をたててマリウスは抵抗しようとした。

「僕は何もしてないよ、そりゃ、食事の席でひっくりかえったんなら失礼だったけど、でも、わざとしたんじゃないんだよ……ねえ、どうしたんだよ、いったいどうなってるの、ねえ、城代はどこにいるのさ？　ここはワルスタット城だよね？　それとも違うの？　僕、いったい何をしちまったんだい？　ねえってば、誰か、返事しておくれよ」

しかし誰からも返事は返らず、鉄のような指につかまれたまま、マリウスは左右に松明のもえる廊下をぬけて追い立てられていった。ほとんど抱えられるようにして運ばれ、いくつかの暗い通路を抜けて、細い階段を折り返しながらどんどん降りていく。

「ねえってば!」

冷たい夜気が頬に触れた。しめった風が額をなめ、外に出たのだと気づいた。上に屋根のある回廊に連れ出されて、突き転ばすように歩かされる。あたりは暗い庭と茂みで、ずっとむこうの方に、ちらちらと光が動き、多くの人間が動き回っている気配がする。

そのままままた、階段を下らされた。しめっぽい空気が鼻をつく。四方からもみくちゃにされて、ほとんど気絶しそうになっているあいだに、どこか平らなところについた。目の前で扉が開き、乱暴に中に投げ込まれた。

はげしく転んで肩を地面に打ちつけた。衝撃と痛みと脳天を突き抜ける轟音のために、しばらくは背後で扉が閉まったのにも気づかなかった。うなりながら横たわっていると、誰かの声が、

「殿下!　アル・ディーン様、あなたですか?」

押し殺した調子で問いかけた。

とっさに、アル・ディーンはやめてよ、僕はマリウスだ、と返しかけたが、声は食いしばった歯のあいだですりつぶされてなんともいえないうなり声になった。頭の先のほ

うで誰かが身じろぎし、どさりと転がった。鎖の鳴る音がして、何者かが這うようにしてマリウスのところまで来た。大きな人影が頭の上にかぶさった。

「殿下。あなたも、囚われたのですか」

殿下もやめてくれよ、と頑固に考えつつ、マリウスは涙にくもった目をあけた。熱気のこもった、むっとした空気が鼻をおそった。

「誰だ？」

「私です。ブロンです」

ブロンだって？

マリウスは苦労して身体を反転させ、相手をもっとよく見ようとした。腕が身体の下に差しこまれ、身を起こすのを手伝った。その腕が鎖でつながれているのに気づいて、彼はぎょっとした。

「いったいどうしたんだい、それ？」

「どうもこうも。囚われたんですよ。われわれは」

ブロンは苦笑ともつかない表情に顔をゆがめ、手首をあげてゆすってみせた。手首から垂れ下がった太い鎖がじゃらりと音をたてた。

「城に入って武装をといたとたん、周囲を取り囲まれ、抵抗する暇も与えられずにこのありさまです。あなたとリギア殿がどうなさったか心配しておりました。リギア殿はどちらに？」

「知らない。僕は……そう、僕とリギアは、食事に呼び出されて……それで……」また頭が混乱してきた。

「僕は夕食の席に呼び出された。リギアもそこにいたと思う。僕は少し食べて、葡萄酒を飲んだんだけれど、そのあとどうなったか覚えてないんだ。気がついたら部屋に連れ戻されてて、ものすごく気分が悪かった。誰かを呼ぼうとしてたら、急に兵士が入ってきて、それで、ここへ連れてこられたんだ」

「おそらく薬を盛られましたね」

ブロンは光にすかすようにしてマリウスの瞳をのぞき込んだ。壁にひとつだけ挿されている松明の光では容易ではないようだったが、目を細めてじっくりと見たあげく、

「瞳孔が小さく収縮している。何か気を失うような薬物、黒蓮ほど強力ではないようですが、痺れ草かリビスの根でも酒に混ぜられたのでしょう。飲むと意識を失い、一、二刻《ザン》ほどは身体の自由がきかなくなります。リギア殿も酒を口にしておられましたか」

「さあ……よくわからない」

背中を壁にもたせて、マリウスは頭を垂らした。酸っぱいものが喉まであがってきたのを無理やり飲み下す。

「僕よりは少なかったと思うけど……たぶん、飲んでたんじゃないかな。でも、どうな

ったかはよく覚えてない。誰かと話してたような気はするんだけど。君たちはずっとここに？」

「ええ。お恥ずかしいことですが」

ブロンの目がうすく光った。

「完全に油断していました。ワルスタット城ほどの大きな城が、まさかくせ者に乗っ取られているとは思っていなかったもので。それとも、乗っ取られてはいないのでしょうかね。私の記憶ではワルスタット城はならず者などにそうそう奪われるような城ではないはずなのですが」

「そんなの知らないよ。とにかく僕たち、誰かに捕まっちゃってるんだ」

「ええ、とにかく、それだけは確かですね」

ブロンはじれったげに手首の鎖を鳴らした。ほかの騎士たちも同様に両手首と両足を鎖につながれ、身を寄せ合ってうずくまっている。

「ワルスタット侯はパロへ派遣されているはずだ」

誰かが言った。

「あの大虐殺の中では十中八九、死んでいるだろう。それを察知した何者かが城を乗っ取っているということはないか」

「いや、私の記憶では、城には奥方のアクテ様がいらっしゃるはずだ。城主がパロ在のあいだは、それなりの城代も指名されていることだろう。たとえ城主が不慮の死を遂げたとしても、城がすぐに何者かに奪われるほど手薄になるはずがない」

「じゃあどうして、僕たちはこんな羽目になってるのさ」

「わかりませんね」ブロンは悔しげに頬をゆがめて笑みを作った。

「とにかく、われわれの存在をおもしろく思わない人間がいま、この城を支配しているということだけは確かです。すぐに始末するほどせっぱ詰まってはいないようですがね。考えられるとしたら、どのような事態だとお思いですか？」

「お思いもなにも、こんなんじゃ何も考えられないよ。ああ、頭が痛い」

マリウスはまたこみあげてきた酸っぱい息をぐっと飲み、目をつぶった。黄色い光が瞼の裏を飛び回り、頭の中身が膨れあがって目や耳から飛び出しそうな気がする。

「君たち、そういえば剣や鎧は？」

「言うまでもないと思いましたが、すべて奪われましたよ」

ブロンはマリウスの正面に足を組んで座った。

「素手で抵抗しようとした者もないではなかったのですが、あなたや、リギア殿を盾にとられては従うしかなかったのです。もしワルスタット城が誰にも奪われていないとしたら、これはいったいどういうことだと思いますか？　友邦であるはずのパロの人間に、このような扱いをする意味は」

マリウスはぐったり頭を垂らしているだけで何も答えない。ブロンも返事は期待していなかったようで、

「われわれ、自国であるケイロニアの騎士にも手を出すとなれば、ならず者や盗賊以外のものと考えるならば、どこかの国の間諜が入り込んでいるのか」

自分で自分の言ったことに反論するように首を振って、

「それとも何らかの誤解があったか。身分を疑われたということも考えられなくはないが、それなら何の詮議もなくこうして閉じこめられたり、人質を盾にとられたりする道理はない。相手はきちんとわれわれをケイロニアの騎士であり、かつ、パロの貴顕であると認識した上で行動している。単なる夜盗やならず者であればそんなことはしない。やはりそれなりの組織と知識を備えた人間が事態を動かしていると考えるべきだ」

「それでは、いったい誰がワルスタット侯のこの城を乗っ取っているのだ？」

誰か別の騎士が耐えかねたように口をはさんだ。

「ワルスタット侯は温厚篤実、実直かつ愛妻家だと聞いている。パロで起こった事態を知っているのだろうか。リギア殿は夫人にご夫君のことを伝えるつもりでおられたようだが、先にパロでのことがこちらに伝わっていて、それがパロの策謀であると誤解されたとか」

「いや、それでは、われわれケイロニアの人間までこのように監禁する理由がない」ブ

ロンは言った。

「殿下やリギア殿も、はじめは歓待するふりをされた。何者か知らぬが、この城にいる者は、城で起こっていることを知られたくないという感じがする。何かが秘密裏に行われていて、そこにわれわれが闖入《ちんにゅう》してきたので隠し通すためにわれわれを捕縛し、監禁したということではないか」

「では何事が行われていると？」戸惑ったように誰かが言った。

「ワルスタット侯は城にいないのだろう。あとに残っているのは誰だ、城代か、それとも侯の家臣か？　いずれにせよ、何者が背後で働いているのだ？」

「ひとつ、俺がおかしいと思っているのは」とブロンは応じた。

「ワルスタット侯夫人アクテ様がわれわれの前に現れなかったことだ。夫君がパロ駐在の大使であれば、パロからきた人間というなら、夫の近辺のことを聞きたさに姿を現しそうなものだと俺は思う。夫のいない城をまかされた妻としてはなおさらだ。礼儀からいっても、パロの王位後継者を迎えるのに城の主人の妻が姿も見せないというのは不自然にすぎる」

「アクテ様にも何かが起こっているというのか？」

「まだわからん。しかし、もしかしたらわれわれ同様、監禁されているか、あるいは、ご夫君同様に――」

「こ、殺されちゃってるっていうの？」

　動揺してマリウスは言葉をつまらせた。

「じゃ、もしかして、この城にもあんな鱗お化けがうろうろしてるとかってこと」

　ブロンは首を振った。

「いえ、それはないでしょう。ヴァレリウス殿もおっしゃっておられたが、あれはクリスタルにおいてのみ、周到に準備された上でだけ行うことができた術でしょうから。ワルド城にも送り込まれましたが、あれも一定の手順と時間、条件を満たした上でのことでした。われわれがワルスタット城に入ったことは、予測しようと思えばできたでしょうが、そのために用意をして網を張るほど確実なことではなかった。扱いからしても、われわれの到来は相手にとって計画外のことだったと思われます。対応に困って、とりあえず捕縛して閉じこめたという感じがしますから」

「とりあえずって……」

　とほうにくれた顔でマリウスは頭をかかえて低くうめいた。ブロンはしばらく黙っていたが、ややあってふと頭を上げ、角笛の音が聞こえる、と言った。

「地上で兵士が動いている気配がします。殿下、こちらへ来られるときに、何か目になさったものはありませんか？」

「頭が痛くって、とてもまわりなんか見てる余裕はなかったよ。……あ、でも」

情けない声を出しながらも、ふと思いついて、

「なんだかたくさんの人が動き回ってるようではあったよ。うん、兵隊だったかもしれない。松明を持った人が動き回ってて、城壁のほうがぼうっと明るくなってた」

「誰かを捜しているのか」と呟いて、ブロンは大きくにやっとした。

「もしかしたら……殿下、リギア殿はどこにいらっしゃいます？　ご一緒ではなかったのですか」

「リギア？　ううん。夕食の席ではいっしょだったけど、僕は途中で気を失っちゃったから。彼女がどうなったかは知らない。でも、僕と同じなら、おんなじようにどっかに閉じこめられてるんじゃないかな」

「そしてまだ、ここに連れてこられてはおられない」

　ブロンは身をそらして、天井の向こうの地上をすかし見た。

「もしかしたらあのたぐいまれな女性は、監禁された部屋を脱出して自ら動いておられるのかもしれないな。この異常な状況に置かれて、黙ってじっとしておられる方ではない」

「それじゃあの騒ぎは、リギアを捜してるんだって君は言うの？」

「かもしれない、と思っているだけです。危ういことだ」

　そう言いつつも、ブロンの口調はほとんど楽しげだった。

「われわれは早々に武装解除させてここに放り込んだが、殿下とリギア殿はいったんもてなすようなふりをして、内にかかえこんだあたり、上下の連携がうまくとれていなかったか、あるいは、殿下とリギア殿なら人質になると計算して、賓客のふりをして閉じこめておくつもりだったのか。どちらにせよ、われわれをとらえた時点で反逆なりなんなり、異常なことが起こっているのを隠すことはできなくなったのですから。

敵、とここでは呼んでおきますが、敵もうかつなことをしたものです。われわれをとらえたことでケイロニアに、殿下とリギア殿をとらえたことでパロに、害意を示したことになりますからね。われわれのうち誰かが逃れて、城外へでも走って城で起こっている事態を漏らせば、たちまちワルスタット城は攻められる」

「攻めるの？　ケイロニアが？」

「すぐに、というわけではないでしょうが、真相究明の手がのばされるのは確かでしょうね。そして、何が進行しているにせよ、そんな羽目になるのは敵も避けたいはずです。ケイロニア二十万の軍と、豹頭王グイン陛下に攻められるというのは、並大抵のことではありませんよ」

言葉を切って、ブロンは上を振りあおいだ。つられてマリウスも、首をのけぞらせて上を見た。暗い天井は静まりかえっていたが、遠い地上から、かすかに、また角笛の音がこだましてきたようだった。

2

「女が逃げ出しただと？」

「姿が見えません。少なくとも、入れておいた部屋の中には」

それを逃げられたというのだ、ばかめ、と〈百の笑いのラカント〉は思った。ここの愚か者どもと来たら、愚にもつかない騎士道や礼節などというものを馬鹿正直に守っていて、おかげで、とんでもない面倒ごとを巻き起こす。

「探してはいるのだろうな」

「城中を兵士どもにくまなく捜索させております」

「外へ逃れ出たということはないのだろうな？　もしそんなことがあったとすれば——

——」

「外へ出たということはないでしょう。城壁の見張りの者は誰も見ていないと申しております。城門を抜けた者はだれもいませんし、それ以外に城外へ出る道はありません。城のどこかに潜伏していると思われます」

「見つけろ」

吐き捨てて、重い旅の外套を脱ぎ捨てる。走り寄ってきた従者が拾って運び去っていくのを横目で見ながら、

「女はどうでもいいが、もし外部に走られていらぬ口をきかれてはならん。もし抵抗するなら殺してしまってもよい。女の仲間というのはまだ押さえてあるのだな？」

「部下に命じて一つところに集めさせました。監視をつけてあります」

「よかろう。女の二の舞は踏むなよ。しっかりと捕らえておけ」

どう始末すればよいかはまだ考えていないがな、と口には出さずに思った。いずれにせよ、殺すことになるかもしれない。ここで本当に何が起こっているかを他人に知られるには、まだ時期が早すぎる。もともと、城内にいれるべきではなかったのだ。自分がいれば何らかの口実を作って通過させるようにしたというのに、半端に儀礼を守りたがるやつらのせいで、いらぬ客を抱え込むことになった。

「アクテ様にご挨拶に行く。ウェイリス、ハーマン、オルト、アルタス、ついてこい」

確かめもせずに歩き出した。後ろから、重い甲冑の響きがついてくる。不機嫌な言葉を浴びせられたウィルギスだけが残り、胸の上にあごを引きつけて、何を思っているのかはかりがたい顔で、腰の剣の上に手を置いている。

奴も信用できん、と歩きながら思う。城代のグスト男爵というのは儀礼と慣習に骨の

髄まで染められた玉なしにすぎないが、あのウィルギスという男は、以前からワルスタット侯に忠義を尽くす一の騎士だったとあって、今でもまだ気を許していないような節がある。主人の命令を守る犬のように、命じられたから黙って従っているが、その目の奥に、ときおり反発するような色が走るのをラカントは見逃していなかった。

　何より悪いことに、彼は自分を軽蔑しているのではないかとラカントは疑っていた。他人にどう思われているかを察知することは彼の第二の天性だった。人の心を探り、読みとり、操って思い通りに動かすことが彼の習い性だった。そしてそれが、彼にいまや伯爵の称号を与え、国と王位にかかわるたくらみを操る腕を与えているのだった。

　彼は自分以外にこんな仕事ができる人間はいまいと思っていた。簒奪者、反逆者というものは、賢明さと同じくらい、狡猾さと破廉恥さも必要だ。貴族などというものは体面にこだわりすぎるために、十分なだけ恥知らずにはなれないものだ。その点、彼には守らなければならない体面も誇りも、廉潔や正直さなどというものも存在しない。ウィルギスの無表情な顔に、唾を吐きかけてやりたい衝動を彼は押さえ込んだ。そのようなふるまいは、ラカント伯には不似合いなものだった。〈百の笑いのラカント〉ならば、大喜びで嘲弄の言葉を投げつけ、ぴかぴかの鎧がべとべとになるまで唾《つば》と鼻水を吹きかけてやったろうが。

　半年ほど前までのことは、脳裏で遠い世の夢のようにゆらめいていた。彼は地下牢に囚われていた……何の罪で囚われていたかはもはや覚えていない。彼が重ねてきた罪は数多く、そのほとんどが、ゆすり、たかり、詐欺、そういったものでできていた。舌先三寸で人を転がし、そのふところから財物をしぼりとるのが彼の仕事であり、人生だった。自分の指先で人間たちが転がり回るのを見るのはひどく痛快だった。

もし計画がばれそうになっても、いつも彼はうまうまと仲間か他人のだれかに罪を着せ、自分だけは逃れるすべを身につけていた。少なくとも、下手を打って捕らえられるまではそうだったに違いない。

後悔したことなど一度もなかった。世間はだまされるべき人間とだます人間でできており、自分は疑いなく後者のほうなのだ。ばかな羊どもはめえめえ鳴きながら歩き回り、自分はすばやくその間を歩いてたっぷりした毛を刈り取っていく。彼はこの世にあるものを、自分のものと、いつか自分のものになるべきものとの二つにわけていた。愚かなやつらは一時ものを預けられているだけで、上手に言い寄れば、ものはちゃんと本来の持ち主の手に帰ってくる。つまり、自分のだ。

にもかかわらず、囚人としてとらわれていることはひどく不快だった。自分が自分でいることを理由に罪とされるとはどういうことだろう。自分はたんに自分のものである金や品物を取り戻しているだけで、なんら悪いことはしていない。だまされる奴らは自分のためにうまい乳や毛皮を生産してくれているだけで、それを取り入れる仕事にどうして責められる余地があるのか、わからない。

　殴られたりひもじい思いをしたりしたこともあったが、それらも遠い記憶の中にうすれてしまった。彼はほとんど人のこない暗い牢屋に横たわり、空腹と寒さに震えながら、自分から奪われたさまざまなものに思いをめぐらして、少しずつ腐っていこうとしていた。

　そこに一条の光が射し込んだとき、彼はやはり自分の信念は間違っていなかったことを悟った。彼を牢屋から連れだした男は、体を洗わせ、食事を与えたあと、見知らぬ男のもとに彼を連れていった。秀麗な顔立ちの、貴族風の身なりをしたその男は、彼を上から下までじろじろ眺めると、「これがそいつか」と言った。

「二十件以上の詐欺とゆすりで訴えられている男です。タロンで三件、ツルミットで六件、サンキムとギーラでそれぞれ四件。サルファとタヴァンでも訴人がありました。アンテーヌのほうでは、こいつのために一家じゅうが首をつった商人もいるとか。おそらくケイロニアで、いや、中原のなかでも、もっとも悪辣な詐欺師のひとりでしょう」

　貴族風の男は鼻を鳴らすと、またじろりと彼を見た。彼は恐れず見返した。こういう時に気後れを見せてはならないと本能が言っていた。長い間しげしげと見つめられたあと、「よかろう」と相手は言った。

「必要なのは甘い舌と恥を知らぬ心だ。そいつを連れていって衣服をかえさせろ。すんだらまたここに連れてこい。私から話す」

そして彼は『ラカント伯爵』となったのだった。ワルスタット侯の股肱《ここう》の臣として、秘密の文書やことづてをあちらへこちらへと運んでまわる使者。詐欺師の〈百の笑い〉はいなくなり、華麗な衣装で着飾ったラカント伯は、主人の命令を受けてこっそりと歩き回る……サルデス、アトキア、ロンザニア、ギーラ、アンテーヌ。信用されていないのはわかっていたが、ふんだんに与えられる金と、身近につけられた護衛という名の監視が、約束を補強した。

主人は——ワルスタット侯ディモスは——うすい笑いを浮かべながら胸の内の意図を語った。内容にさしたる興味はなかった。ケイロニアの帝位など誰がつこうとどうでもいい。彼に興味があるのは実際に自分の手に入る金貨や財貨のみであり、それを手に入れるのに必要であるのならば、主人のために自らの弁舌をふるうのにまったく否やはなかった。

ロンザニアの黒鉄鉱山に関する工作は一区切りついた。アンテーヌでは老侯アウルス・フェロンから娘をたてに言質を取り、ディモスの帝位奪取に協力するとの同盟をとりつけた。

アンテーヌ海軍のおびただしい艦船とその装備、兵員のすべてを書面にして、持ち帰ってきたのであった。つぎはランゴバルドへと向かうために、いったんワルスタット城へもどって態勢をととのえるのと同時に、アンテーヌへの重大な人質となっているアウルス・フェロンの娘アクテの状況を、確かめるつもりでいたのである。

これでこそ俺だ、と胸の高鳴る思いだった。以前の、ちょっとしたゆすりたかり程度では、自分のほんとうの力などとうてい発揮できるものではなかったのだ。国をひとつたかりとろうというこの壮図《そうと》、皇帝の座をわがものとしようという計画は、政治などに興味はなくとも、主人に共感めいたもの、言ってみれば、あこがれめいたものを抱かせるのに十分だった。

世間にあるのは自分のものか、いずれ自分のものになるべきものかどちらかだという信念を持つ彼にとって、皇帝の位を自分のものにしようという考えはじゅうぶんうなずけるものだった。大逆という言葉の存在や意味は知っていたが、そういうものは、くだらない奴らのくだらないたわごとだと思っていた。結局は力のあるもの、知恵のあるものが、ほしいものを手に入れるのだ。

ワルスタット侯にその力があるかどうかは知らなかったが、少なくとも、自分を牢獄から見いだし、いまの仕事につけたその見識だけは認めていた。彼が首尾よく皇帝の位をわがものにできるかどうかはわからないが、金と便宜をはかってくれている間は、そのために働いてやってもいいと思っていた。もし失敗したら……そのときはそのときだ。もしそうなっても、彼は自分の力を信じていた。幾度もそうやってきたように、今度もすばやく逃げおおせればいい。つけられている護衛という名の監視たちも、人間である以上、手玉にとるすきはあるはずだ。そのときがきたら、どうやって、誰に話を持って行くべきか、彼はもういくつかの目星をつけはじめていた。

城の外周に出ると肌寒い夜の風が吹きつけてきた。首をちぢめてマントをかき寄せ、ついてくる騎士たちにもっと近くへ寄るようにいう。ワルスタット城は闇の中でうずくまる獣のように黒く大きく、ところどころで火がまたたく目のように燃えていた。下の方で、手に手に松明をかざした兵士たちが叫び交わしながら動き回っている。

「まだ女は見つからないのか？」

「その報告はありません」

ラカントはそっけなくうなずいた。報告によれば、女はパロからやってきた聖騎士伯とやらで、ワルド城の城主からの身元証明書を持っていたらしい。自分が戻ってくる直前に、周囲の哨戒にでていたウィルギスが遭遇し、城へ連れてきたのだという。

愚かなことに、アクテ監禁の事実を知られぬよう、とっとと始末してしまえばよいものを、ウィルギスとグスト男爵の間で意見が分かれたようだ。一行についていた騎士たちはウィルギスの手で早々に武装解除され、一室に監禁されたが、まだ相手を懐柔して何事もなく旅立たせる考えでいたグスト男爵はグスト男爵で、一行のうち聖騎士伯と王太子——ご大層なことだ——には、部屋を与えて食事を出し、眠らせて何も知らさぬうちに城の外に出してしまおうとしていた。

結局その計画はラカントが戻り、事態を知ったことで直前になって転換され、聖騎士伯と王太子はそのまま閉じこめられることになった。

パロの貴人などという面倒なものを城に持ち込んできたウィルギスに対しては怒りしかわかなかったが、連れてこなければよけいな疑いをまねくことになったろうという主張にはうなずかざるをえなかった。とにかく今は、まだ余所の所領に対して疑いを起こさせるようなことは避けなければならない。

十二選帝侯のうちでも筆頭格のアンテーヌは押さえた。あとはランゴバルド、アトキアを押さえれば、選帝侯のうち三巨頭は押さえたことになる。ロンザニアの黒鉄を通じてケイロニアの経済をゆさぶり、それによってケイロニア全体の屋台骨をゆさぶれば、ほかの選帝侯も動揺する者が出てくるだろう。

帝位にあるオクタヴィアは女帝であり、妾腹の生まれで、選帝侯会議でとりあげられるまでは帝位継承の名前にもあがっていなかったし、自らも継承の意志はなかったという。

次期皇帝として目されていた豹頭王グインは帝位を辞退し、これまでどおりケイロニア王としてケイロニア皇帝を支えることを宣言している。すでに即位し、戴冠式をすませたオクタヴィアだが、その地位はまだ安泰ではない。宮廷内で彼女の派閥を支える者は少なく、むしろ、グイン王の後ろ盾があってこその彼女の帝位、と見るものも多い。

つけめはそこにあると思っていた。十分に国にゆさぶりをかけ、それによってグイン王の地位を引き下げてから、そのグインが、オクタヴィア女帝を傀儡にケイロニアの帝政を牛耳ろうとしている、と告発する。

同じような告発は、シルヴィア元妃の実子が存在するという話が出たときに、すでに一度持ち出されている。グインはこれを、すべての孤児を王の養子とするというふれを出すことで切り抜けたが、シルヴィアの実子の存在の問題はかわらず残っている。

アキレウス大帝の血を引く子を擁しつつ、妾腹の女帝を傀儡にたてて、ケイロニアの実権を一手に握ろうとしている——と非難すれば、同調する選帝侯も出るに違いない。その時にこそ、ワルスタット侯ディモスの名を出す機会がくる。——と、少なくとも主は考えているようだ。

それが正しいかどうかはラカントの考える範疇にない。彼はただ言われたとおりに動き回り、策謀をこらし、もらった金と監視の要求する仕事を続けるだけだ……もし、このたくらみが失敗すれば、逃亡できるだけのすきもできると彼は踏んでいた。叛逆者としてワルスタット侯がとらえられる運びになれば、彼を追うだけの余裕はなくなるだろう。ケイロニア側も、姿を隠してしまった諜者を追いつめる努力はするまい——そして姿をくらますことに関して、自分ほどの高い能力を持つものはあるまいと、彼は自負していた。

城の本丸からつきでた通路をわたり、小塔へとつづく橋を通る。入り口には二名の衛兵が配されていて、どちらもラカントが通るのにあわせて武器をかかげて礼をした。

「変わりはないか」

「はい。ずっと歌を歌っていらっしゃいました。お子さまがたも静かになさっていらっしゃいます」

「今は歌っていないようだが」

「お休みになったのかもしれません。半刻ほど前から何の音も聞こえなくなりました」

ラカントはまたうなずくと、衛兵の前を通り過ぎた。扉を開けると、内側にもう一つ大きくて豪奢な扉があり、合図をすると、後ろからついてきていた部下たちが、両手をかけてゆっくりと左右に開いた。

中はむっとするほど暖かい部屋だった。女物の衣装とクッション、家具、寝台と敷物がいっぱいに詰め込まれており、香の香りと、それ以上に乳臭い子供のにおいと女の体臭がこもっていた。暖炉に火が燃え、桃色の洋灯が卓上で揺れていた。部屋の中心に、両腕に子供たちを抱いた大柄な婦人が、涙をいっぱいにためた目でこちらを睨みつけていた。

「ご機嫌はいかがでございますか、アクテ様」

「あなたがそれをきくのかしら、ラカント伯」

婦人の声はするどかった。

「わたくしはいつまでここにいなければならないの？　夫はなんといってきていますの。子供たちにこんな扱いをすることを、本当に夫は望んでいますの」

ワルスタット侯が玉座を得るまで、とラカントは考えた。あるいは、その意図がついえるまで。現在のところ、アンテーヌ侯の息女アクテは大切な人質だ。いざ行動を起こしたときに、約束されたアンテーヌの水軍がきちんと背後につくと確信できるように、彼女は保護されていなければならない。

子供については、ワルスタット侯は何もいっていなかった。ラカントはそれを、母同様に子供らも人質に含めることだと理解した。いずれにせよ、幽閉されることになったアクテは子供らをともに連れていくことを主張し、それがかなえられるまでは、けっして動こうとしなかった。

「私はディモス様のご命令通りにいたしておりますだけでございますよ」

言いながら、抜け目なく室内を見回す。火が音を立てて燃えており、ちらばった子供らの玩具に濃い影が揺れている。アクテの周囲には年かさの子供たちが集まり、幼いふたりは寝台の上に寝かされて、ぱっちりと開いた目でまたたきもせずにこちらを見つめている。

「もうしばらく、こちらでお待ちくださいアクテ様。お約束いたしますが、あなた様は、こちらにいらっしゃることでしっかりご夫君のお役に立っていらっしゃるのですよ」

少なくともアンテーヌ侯の言質を取ることができたのはこのアクテの存在があったからに違いない。娘を押さえられていなければ、あの謹厳な老人はけっして帝室への叛逆には賛同しなかったろう。

「実は今夜は、城内に犬が入り込みまして、兵士が少々出歩いております。お心を乱されているのではないかと思いまして、このような時間に、お騒がせいたしましてもうしわけございません」

「そのようなこと、知りませんわ。わたくしたちはここから出られないのですもの」

鋭い口調に非難がこもっていたが、ラカントは聞き流した。いちいち取り合っていても仕方がない。

「夫の役に立っている、というのは、いったいどういうことですの。わたくしは夫の留守を守り、子供たちを育て、このワルスタット城を切り盛りすることがわたくしの仕事だと心得てきました。夫もそう思っていると考えていました。なのに今になって、なぜ、わたくしと子供たちがこのような場所にじっとしていることが、夫のためだなどと思えるのです」

「ああ、それは、いずれご夫君が話してくださいますとも。大きな栄光と、名誉とともに」

でなければ恥辱と、おそらくは死をもって。ラカントはさぐるような目で震える女を見つめた。

美しい女だ。他人の妻を味見したことは何度もあるが、この女は、そんなものとはくらべものにならないくらい格別に美しかった。好みからすると少々胸が大きすぎ、肩が張りすぎているが、食欲をそそられるには十分な美貌と色香を残している。

追いつめられた鳥のように息をつめて両腕を広げ、子供らを抱き抱えた蒼白な顔も、嗜虐的な味わいをつけ加えこそすれ、興ざめになるほどには色を失っていない。

「なにを見ているのです？」

怒気をこめて女が言った。

「ここは女の寝ている部屋です。あなたがたがそうしました。女性の寝室をそのような目で見ることは失礼だと、だれかに教わらなかったのですか。無礼です。すぐに出て行きなさい」

「失礼をお詫びいたします、アクテ様」

口先ではそう言ったが、視線は離さない。寝乱れた寝台のほうになんとなく目をさまよわす。この美しい女があの寝台で眠っているようすを想像すると、腹の下が熱くなった。

　この、両腕いっぱいにかかえこんだ子供らの前で、自分といっしょに横たわるように命令してやったらこの女はどう反応するだろうか？　すべてがうまくいったあとで、この女を下げ渡してもらうことは可能だろうか？　皇帝ともなればどのような女も望み通りのはずだ。人質としての価値のなくなった女ひとりくらい、ほうびにもらっても悪いことはあるまい。薔薇色の部屋着の下に盛り上がっているゆたかな乳房と、その重みを想像すると、両手がうずくようだった。

「出ておいきなさいというのがわからないのですか」

　さけぶように女が言った。かんしゃくを起こす寸前のように思えた。

　これ以上いてもいいことはない。引き下がることにして、一礼し、踵をかえそうとして、ふと、窓のところに妙な色彩が見えた。

「おや？……どなたか怪我をなさったのですか？　アクテ様。窓のところに、何か赤いものが見えますが」

　部屋の奥にひとつだけある窓の敷居に、赤っぽい泥のように見える汚れがついていた。ラカントの慣れた目はそれを血の汚れだと見分けた。なぜあんなところに血がついているのだ？

「わたくしが先ほど、風をいれようと思って、指をはさんでしまっただけです」

アクテの返事は少々すばやすぎた。その裏に脈打つ動揺を、ラカントははっきりとかぎとった。「ほう？」と片眉をあげて、ゆっくりと足を踏み出す。

「それはいけませんな。どれ、お見せください。医師を呼んだほうがよい傷かどうか、見てみましょう」

「いいえ！」夫人はすばやく後ろに下がり、両手を背中に隠した。

「あなたの手はかりません。もう子供たちに手伝ってもらって、手当はすませました。医者など、呼んでもらう必要はありません」

「それでも、私はディモス様からみなさまのお身柄を預けられた身でございますので」

嗜虐の喜びを感じながらラカントは部屋に踏み入り、女に近づいた。やわらかい絨毯から濃厚な女の匂いが立ちのぼり、頭がくらくらした。

「無礼者！　近寄ってはなりません。主人の妻に対して、なんという振る舞いをするのですか。わたくしはあなたの仕える主の妻なのですよ」

金と策謀が続く間だけの主だ。「なんと言われましても、あなた様の身柄は、今は私に預けられておりますので」

小さく身をすくめたアクテにむかって身をかがめる。「母上をいじめるな！」と小さい息子の一人がわめき、おもちゃの剣で臑《すね》を叩いた。娘たちはおびえてちぢこまり、長男の顔にははっきりと怒りが浮かんで、拳を握りしめて肩に力を込めている。殴りかかりたいのを懸命にこらえているふうだ。ラカントはしのび笑った。〈百の笑いのラカント〉として、高位の貴婦人たちを何人も手玉に取ってきた。だが今ほど喜びを感じたことはない。見ろ、見ろ、きさまたち、どんなに偉そうな顔をしたって、今は俺に従うしかないんだぞ……

もう少しで指先が女のやわらかい肩に食い込もうとしたとき、「ラカント伯！」という呼び声が廊下の方でした。

ラカントは動きを止め、心中で呪いながら手をおろした。廊下のほうから兵士がひとり駆けてきて、耳もとに口をあてた。

「城外にて入城を求める者がおります。……ケイロニア王グイン、と名乗っておりますが」

ぎゅっと喉元を締め上げられたような気がした。

涙をいっぱいにためた目で、アクテは両腕を身体の前にあげ、身を守ろうと小さくなっている。

「それでは、どうぞお大事になさってください、アクテ様」

ラカントは唇をひきしめ、息をつくと、身を起こした。

「急な呼び出しがあって、出向かなければならなくなりました。お騒がせしたことは、重ね重ねお詫び申し上げます。どうぞおすこやかに、お休みくださいますよう」

そのまま兵士を連れて向きを変える。後ろで小さくなっている女にはもう関心はなかった。「本当か」きしるような低声で問い返す。

「グイン！　本当にケイロニア王なのか。豹頭王の、あの」

「そのように申しております」

「姿は確認したのか。本当に、豹の頭をしているのか」

「マントを着て、頭巾を深くおろしているので、頭がどうなのかはまだ確認できておりません。しかし、非常に体格のよい、戦士か騎士であることは確かなようです。もう一人、小柄な従士を連れております。そちらは何者か、まだわかりません。両名はワルスタット城に対し、開門と、城を守る城代、および、城主夫人アクテ様への面会を求めております」

声を抑えて話しながら本丸へと戻る。後ろで扉が閉まった。

「二人だけか？　ほかには？」

「見える範囲では二人だけです。どうなさいますか？　もし、本当にグイン王であるとすれば、王権を発動されれば……」

「そんなことがあるわけがない」

荒々しくラカントは言った。それから少し調子を落とし、

「こんなところにグイン王が現れるわけはない。俺が行って様子を見る、城壁に兵を待

たせておけ。弓を射られるように準備を。偽者だとわかればすぐに攻撃を加えられるように」

「承知しました」

3

木の葉のこすれるかすかな音がした。

アウルス・アランは頭をあげ、蒸れてかゆい兜の首筋を無意識にかいた。木立の間からみえる夜の街道は人気もなく静まりかえっている。彼の引き連れたアンテーヌ騎士二十騎は、ワルスタット城方向へ向から旅人をうかがいながら、街道わきの窪地に伏せているところだった。

父アウルス・フェロンから〈鯨と剣〉の紋章を与えられたアランは、すぐにアンテーヌの擁する騎士団からよりぬきのものを選び、その先頭に立って姉アクテ救出の途に出た。

アンテーヌをひそかに出発し、ラサール、フリルギア、ダナエを通過して、ワルスタットに至る、間諜ラカント伯を追跡しながらの騎行だった。アンテーヌ出立時にさきにラカント伯をゆかせ、そのあとからひそかに追跡についたのである。先方には気づかれないよう距離をとりながら、何度か馬を換え、いまは部下たちとともにワルスタット城に入ったラカントをうかがっている。城で相手が何をするつもりか見極め、もし隙があれば、城に寄せてアクテとの面会、できるならば解放を強く求めるつもりでいた。

ただし、アンテーヌの人間だと知られれば、父アウルス・フェロンが時間稼ぎのために結んだ同盟が無駄になる。ラカントにはアランは顔を知られている。顔を隠し、身分を伏せて姉を救出しなければならないことを考えると、なかなか難物だった。

気持ちからすればアンテーヌ全軍を率いても攻め寄せたいところだったが、たとえ選帝侯であっても、ケイロニアの国内で届け出もなく、私事から軍を動かせば大問題になる。最悪、反乱の意志を疑われても仕方がない。いかに気ははやっても、ここは隠密に、少ない人数と秘密主義で、事を運ぶしかなかった。

背後で馬がしずかに鼻を鳴らして足を踏み換えている。アランは目をこらして闇をすかし見た。

街道は目の前に長くのびており、ずっと東のほうに、ワルスタットの町の明かりがぽつぽつ見える。ここからでは城の様子はうかがえないが、日が沈んでから一刻ほど、しばらくは荷車をひいた農民や徒歩で歩く親子連れなどもいたが、すっかり暗くなるとほとんど通る者もない。まだサイロンの悪疫の影響が残っているのかもしれない。ワルド山脈にへだてられたこのあたりは他国との行き来もあまりなく、町と町とのあいだの交流が主だが、ケイロニアも皇帝が交代した直後とあって、治安の心配もあるのだろう。

あるいは、自分たちも動いて、町に入ったほうがよいだろうか。アランがそう考えはじめたとき、街道を、時ならぬ急な馬蹄の音が近づいてきた。

後ろに続いた部下たちがさっと緊張した。アウルス・アランも背筋を伸ばし、手で待て、と合図をすると、馬に拍車をあて、一気に街道わきまで駆け上がった。

騎馬は四騎、一頭はきわめて巨大な馬、あとの三頭は少し小柄で細い馬で、小山のような馬にはその馬にふさわしい偉丈夫が騎乗している。ほかの三頭にもそれぞれ、慣れた様子で馬を駆る乗り手がいる。沈黙のまま馬を急がせる様子は、見るからに普通の旅人ではなかった。つかの間逡巡したが、ここは呼び止めて身分を確かめるべきだろうと、アウルス・アランは声をはげまして、「待て！」と鋭く声をかけた。

「そこを行く騎馬のお方、少し待て！」

騎馬の足が並足になり、とまった。

先を進んでいた巨大な馬のほうは黙然と立ち、馬上の人物も、深く頭巾をおろしたまま言葉を発さない。後ろにいた人物のうちひとりが進み出てきて、憤然とした様子で声を放った。

「呼び止めるのは何者だ？　われわれは先を急いでいる。もし、夜盗、盗賊のたぐいであれば、容赦はしないと言っておくぞ！」

「アウロラ殿？」

この場で聞くとは思ってもいなかった声だった。アウルス・アランは動揺のあまり喉に声をつまらせ、まばたいた。馬をせかせて街道にあがり、兜の面頬をはねあげる。

「アウロラ殿、どうしてこのようなところに？　私です——アンテーヌの、アウルス・アランです」

「アラン様だって？」

小柄な影もぎょっとしたような声をたて、さっと頭巾を払った。

金色の髪が夜目にもしるく流れた。青年めいたすっきりした美貌をうす闇の青さに染めて、男装の美少女は藍緑玉の瞳を大きく見張った。

「どうしてこんなところに、とは、こちらの台詞だ。あなたがどうしてこのようなところに？　われわれは——」

「どうして、と、言い合ってばかりいる場合でもなかろう」

偉丈夫がゆらりと動いて腹に響く声で言った。アランははっとしてそちらに向き直った。馬を進めてきた偉丈夫は、落ち着いた手つきで頭から頭巾を滑り落とした。

アランはもう少しで馬から落ちるところだった。

「そ、その豹頭は……グ、グイン陛下！　陛下でいらっしゃいますか！」

あわてて馬から転がるように降り、膝をつく。

「陛下であるとは存じ上げず、失礼をいたしました。あらためてご挨拶いたします、私は十二選帝侯のうち、アンテーヌ侯アウルス・フェロンの息子、アウルス・アランでございます。豹頭王陛下には何ゆえ、このようなところにお出ましになられましたか。サイロンにいらっしゃったのではないのですか」

「どうもこの豹の頭も困り者だな。姿を見せただけですぐに正体がばれてしまう」

苦笑を含んでグインは言った。もとどおり頭巾をかぶり、後ろにいた残りの二人を招き寄せる。彼らもやってきて、アウロラの隣に並び、頭巾をとった。一人はいかつい闘士体型の男で黒い髪を短く刈り、昔殴られでもしたのか鼻筋が少し曲がっている。もう一人は手足が細長くて痩せており、金髪を後ろで一つに結んで、鈴を根元につけている。

カリスとルナス、グインの命令でシルヴィア探索に出ていた者たちである。

「アンテーヌの騎士たちか。一人ではあるまい、アウルス・アラン。手勢を連れてきているのではないか？」

「お見通しでございますか」

アランは窪地に向かって手を振り、部下たちに出てくるように合図した。しばし、戸惑ったような間があって、騎士たちがそろそろと伏せていた場所からあがってくる。二十名がそろうと、アランは全員を整列させて下馬させ、グインに向かって拝礼させた。

「アンテーヌの騎士二十名、みな、私に従う者たちでございます。国内を騒がすつもりは毛頭ございません。誓って申し上げます」

「疑うまい」

重々しくグインは言った。

「おまえが手勢を率いてここにいる理由をもしかしたら俺は知っているかもしれぬ。ワルスタット侯の妻女、アクテ夫人のことだな」

「なぜ、それを」

アランはふたたび衝撃をうけた。ラカントの脅迫はあくまでアンテーヌ内でのことであって、まさか、ケイロニア王であるグインが知っているとは思ってもいなかったのである。

「確かに私どもはわが姉、アクテをワルスタット城から救い出すためにここにおります。しかし、陛下がなぜそれをご存じなのですか？　ラカントがまさか、そんなことをお耳に入れるとは思えませんが」

「ラカント？　その名前は初耳だな」少し考えて、

「どうやら互いに、少し話した方がよいらしい。アウロラ、カリス、ルナス、こちらへ。アウルス・アランよ、どうしてそなたがここへ来ることになったのか、事情を話してもらえるか。われらのほうの事情も話そう。お互いの話を、知っておいたほうがよさそうだ」

アランはすべてを話した。ワルスタット侯の使者を名乗るラカント伯爵なる者がアンテーヌを訪れたこと。正式な使者のしるしも携えていたが、その男に感じた妙な気配。ワルスタット侯の印章指輪を示したラカントは、侯の代理人としてアウルス・フェロン侯と話したいと告げたこと。そして、ワルスタット侯ディモスからの書状を——自分、ワルスタット侯がケイロニアの支配者として立つための、支援と協力を願う書状を、差し出したことを、漏れなく告げた。

多少のためらいもあったが、アクテを人質にとられた形になった父アウルス・フェロンが、形のうえでの同盟をラカントに許したことも申し添えた。こざかしく隠し事をするよりは、すべてを話してしまって豹頭王の判断に任せたほうがよいという感覚を、この偉大な王は発散していたのである。

グインはときおり質問をはさみながらも、長い話を静かに聞いていた。アウロラやカリス、ルナスが耐えかねて、「なんということを!」とか、「こともあろうに、ケイロニアの帝位を……」などと声をあげるのを制して、最後までアランに話を続けさせた。

「なるほど」話が終わって、多少息切れしたアランにグインは重々しく言った。

「話はわかった。ラカントとやら、どうやら容易ならぬ相手であるらしい。ワルスタット侯からの書面とは、まことに当人からのもので間違いなかったのだな?」

「はい。署名、印章、二つながらにワルスタットのものでありましたし、ラカントがたずさえていた印章指輪も私のおぼえのある、間違いなく本人所有のものでございました。まさか義兄が……ワルスタット侯が、ディモス殿が、まさか、このような……」

「そうだな。俺も、いささか驚いている」

そう言いつつも、グインの顔は沈着だった。

選帝侯会議においてグインを誹謗したダナエ侯が毒害されたあと、さらに明らかになったのは、不在のワルスタット侯がグインに対する不信任票を提出していたことだった。ダナエ侯の言動とその毒害の犯人はまだわからないが、この前後からディモスの動きがなんとなくあやしく、不穏に見えてきたのはうたがいない。何より、パロ駐在の大使であるディモスが、クリスタルを襲った大殺戮に関して一言も報告をせず、それどころか、殺戮のあともなにごともなかったようにしていることこそ、異常である。

グインはそこに何らかの暗いものの作為を見た。少し以前までは、それは闇の司祭グラチウスの所為ではないかと考えていたのだが、ダナエ領にてそのグラチウスと相対したおりに、その考えは否定された。グラチウスはダナエのことこそ自分の仕業だと認めたが、その一方で、失われたシルヴィアよりも今はこちらが重要であろうと、あざけるように、囚われのアクテ夫人とその子供たちの姿を、映し出して見せたのだ。

「魔道師……、グラチウス、ですか」

ケイロニア人のつねとしてアランもあまり魔道というものにはなじみがない。選帝侯会議でのダナエ侯の暴言は直接耳にしており、またその後での毒死も目にしてはいたものの、それが魔道師というえたいの知れぬものの操りの意図による結果だったとはにわかに信じがたいようだ。

しかし、今はその点が重要なのではない。グインたちがグラチウスによってアクテ夫人の苦境を知り、救いに駆けつけてきたということが先である。

「陛下はサイロンにおいでだとばかり思っておりました。まさか、そのようなことがおありだったとは」

「オクタヴィア陛下の治世はいまだ始まったばかりだ。ケイロニア王といえども、皇帝陛下の一臣下にすぎぬ。新皇帝の治世を安定させるためにはたらかねばならないのは、俺も、末端の兵士も同じことだ」

力強く言い切るグインに、アランは満腔《まんこう》の安堵と、信頼感をあらためて覚えた。選帝侯会議においては積極的な意見を出さず、中立をとったアンテーヌ侯家だが、その趣意がケイロニアの安泰と帝室への敬意にあることは変わりがない。グインの飾らぬ言葉は、若いアンテーヌ侯の身にこころよく響いた。

「あの、それで、それでは、アウロラ殿」

いささかどぎまぎしながらアランは言った。

「あなたがたはなぜ陛下といっしょにおられるのです。あなたがたもダナエでその、魔道師というものをごらんになったのですか？」

　口を開いてアウロラは答えようとしたが、目顔でグインが引き留めた。シルヴィアの探索のことはまだあまり他人に知らせるべきものではない。かわりにグインが、

「この者たちは俺の随身だ」と言った。

「ダナエ領に入るときに連れてきた。グラチウスによってアクテ夫人の姿を見せられたので、こちらまでともに付いてきたのだ」

「さ、さようですか……」

　アランのどことなく歯切れの悪い口ぶりに、カリスとルナスの二人が顔を見合わせ、それから、唇の端をあげてなんとなく笑い合った。アウロラひとりが妙な顔をして、目をまばたいている。自分の腹違いのきょうだいであるアランが、自分に恋しているなどとは思ってもみない彼女であった。その美しさと強さに対して、他人の心を読み取ることは、彼女の能力のうちにはあまりないことだった。

「さて、それではなんとかして、ワルスタット城に入らねばなるまいな」

　グインが切りをつけるように言った。

「グラチウスに見せられた映像、また、アランの話からして、間違いなくアクテ夫人はあの城の中に幽閉されているのであろう。ワルスタット侯の真情はともかくとして、アンテーヌの苦境を救うためにも、ぜひとも、夫人は救い出さねばならん。なにより、女

人と幼い子供をそのような状態には置いておけぬ」

「どうぞ、われわれもお連れください」熱心にアランは申し出た。

「アンテーヌ騎士二十騎、大軍とはいきませんが、どの男も選りすぐりの精鋭です。一騎で五騎の力を持つものと、どうぞお考えください」

「ありがたいが、アラン、いきなり手勢を率いて城に攻め寄せたところで、夫人を救うことにはなるまい。相手は城にこもっているのだ。二十騎が五倍としても百騎、さらにその五倍の数がいたところで、籠城戦となれば相手が有利なのは必定。万の数がいたところで、城にこもった敵は落としにくい。さらに、中には夫人がいるのを忘れてはならぬ。万が一、城をどうにかすることができたとしても、追いつめられた相手は夫人に手を出すかもしれぬ。われわれの目的はあくまで、アクテ夫人の救出、これにあることを忘れてはならぬ」

「はっ……」アランは顔を赤らめてうつむいた。若い血のたぎりが思わず言わせた勇ましい言葉だったが、少し考えれば、グインがいてすらいまの手勢でただ城攻めをすることなど無謀と言うもおろかなことがわかっていた。

「では、どうなさるのですか」

「とりあえず、俺が行って開門を命じる」

軽くグインは言った。とたんに、「陛下!」「危のうございます!」と、アウロラや

カリスがわきたった。グインは彼らを手で制し、

「俺はケイロニア王だ。王権の発動として、入城を求めることは可能だろう。相手もむげに断ることはできまいし、もし断れば、それはまさに後ろめたいことがあるからだ。その時になってから、門をこじ開けることを考えよう。おそらく城中の者も、俺のことはサイロンにいると思っているだろう」

豹の額に触れて口をゆがめると、獰猛な牙があからさまになった。

「この豹頭はどこへ行ってもめだつが、おかげで、身分の証明が必要ないのはありがたいな。この頭を見せれば、相手は動揺するだろう。そこで素直に城へ入れればよし、入れなければ、動揺の隙をついて、アラン、おまえたちが一気に城内へなだれこめ」

「お一人でゆかれるのは危険すぎます」

必死になってカリスが言った。アランやルナスもいっしょになって口々に、

「どうか、われわれのうちひとりだけでもお連れください」

「わたしが行きます」

きっぱりとした口調でアウロラが言った。みなが彼女を見た。

「アウロラ――」とグインが言いかけたところで、かぶせるように、

「囚われているのは女性です。わたしは、女性がそんな目に遭わされているのを見過ごすことはできません。それに」

途中で言いさしてアランを見た。アランが異母きょうだいであるのと同じく、アクテ夫人は彼女の異母姉にあたる。彼女にとって、アンテーヌ侯家にかかわるこの事件は、けっして人ごとではないのである。

「……よかろう、わかった。ついてくるがいい、アウロラ」

そんな彼女の心中を読んだのか、グインが言った。アウロラはすばやく胸に手を当てて一礼した。

「俺とアウロラは先に門前へ出て開門を呼びかける。アラン、カリス、ルナスは、ほかの騎士たちを引きつれて付近に身を潜めていてくれ。突入の時宜《じぎ》がきたら、合図をする。それまでは、静かに、時機を待っていてくれ」

「承知しました」

頬が上気するのをアランは感じた。思わぬところで出会ったとはいえ、グインは、ケイロニア男子ならば、いや、どのような国の男だろうと、ともに戦うことを夢見る伝説の超戦士である。姉を救うためという目的はあったが、憧れのグイン王とともに肩を並べて戦えるという喜びは、戦士の心を熱く燃え立たせずにはおかなかった。

やがてグインを先頭に立てた一行は街道をたどり、しずしずとワルスタットの街へはいっていった。かなり夜は更けている。まだ開いている酒場からちらつく明かりが漏れているが、もうほとんど客は帰ったあとなのか、道はひっそりしていた。

酒場から出てきた女があくびをしながら表に出した看板に手をかけ、馬でゆく騎士たちの集団に、ぎょっとした目を向けた。アランとカリスがそちらに目を向け、わずかに剣を鳴らすと、ひっと声を呑んで、看板はそのままにして店内へ駆け込んでいってしまった。扉が叩きつけられるように閉まった。

寝静まった通りを進んで、ワルスタット城門前に着く。城の大門は閉じられ、落とし格子がおろされていた。篝火《かがりび》がともり、数名の衛兵が明かりを囲んで、槍を杖にぶらぶらして立ち座りしている。

城の見えてきたところで、グインは手を挙げた。心得たアランとカリス、ルカスは騎士たちとともに街の横町へと散っていった。残ったグインとアウロラは声もなく視線をかわすと、うなずき合い、馬を進めた。

灯の下で賭博をやっていた衛兵がこちらに気づいた。武器を取り、いっせいに立ちあがるのを前に、「聞け！」とグインが腹の底までとどろく声を出した。

「俺はケイロニア王、グインだ。こちらの城代、および、城主夫人に用がある。城門を開いて中に入れてもらいたい。これは、ケイロニア王としての命令である」

4

「グ、グイン！」

　リギアは頭にかかった羽布団をはね上げた。

「グインと聞こえたわ。いったいなに？　グインがここに来ているの？」

「リギア様、どうぞお静かに。外に聞こえてしまいますわ」

　アクテ夫人がなだめにかかる。リギアはほとんど聞いていなかった。寝台から這いだし、身体から布やクッションをふるい落としながら耳をすます。閉め切られた室内からでは何も聞こえないと知って、窓際まで歩いてゆき、扉のかげに身を隠しながら細く木戸を押し開いた。夜気とともに、どよめくような人声が立ちのぼってきた。頭をわずかに差し出してみると、目の下を、急ぎ足に火の列が走り抜けていく。どうやら城門のほうへ向かっているらしい。リギアは窓を閉じた。

「あの、どういうことでございましょう」

　アクテ夫人はおろおろしている。

「グインとは、あのグイン陛下のことでございましょうか。その陛下が、なぜこのようなところへ」

「きっとあのラカントという男も、同じことを考えているだろうと思いますわ」

窓を閉めたリギアは長い足でぐるぐると部屋の中を歩き回りだした。

「もし本当にグインが来ているのだとしたら……どうしたって、彼に会わなくちゃならないわ。彼がどうしてここにいるのかは二の次よ。わたしと、アクテ夫人、それにマリウスとブロンたちもいることを、なんとかして彼に知らせないと。アクテ様、この部屋から、城門までは遠いのですか？」

「ここは離れの塔です」

きつく両手を握り合わせながら、夫人はおろおろと、

「本丸の中を通り抜けてゆかなければなりませんから、とうてい、おひとりでは……部屋の扉も閉じられておりますし」

「もう一度下に降りて、外庭を通っていくのはどうかしら」

「それでも、門まではかなり距離がありますわ。きっとあの騒ぎでは、たくさんの兵士が外を歩き回っているでしょう。とても、行きつけるとは思えません」

リギアは呪いの声をかみ殺して指をかみしめた。

グイン、と聞こえたあの言葉は、確かに聞き違いではなかった。ラカントがどことな

くあわてた様子であったのも、なんらかの変事があったのだと考えられる。一朝ワルドへやって来て、風のように去っていったグィンの姿が脳裏に思い浮かぶ。どうやってかは知らないが、もしグィンが、アクテ夫人の窮地を感知して、この地にやってきたのだとしたら、なんとしても外に出て自分たちの存在を知らせ、彼に力をあわせたい。

「あの、僕、もしかしたら、行ける道を知っているかもしれません」

おずおずとした声があがった。リギアは指を口からはなしてふりかえった。長兄のマイロン少年が、恥ずかしげにそわそわと立ちあがっていた。

「ここから門まで続く城壁の上に、誰も使っていない古い武者走りの通路があるんです。昔はそこに兵士が配置されていたこともあるらしいけど、今は誰もあがらなくて、荒れ放題になっています。そこを通れば、誰にも見られずに門まで行けるかもしれません」

「マイロン、あなた、どうしてそんなことを知っているの」母が非難めいた声をあげた。

「小さいころに時々、上がっていたんです」

首をすくめた少年はばつが悪そうだった。

「誰にも見つかりたくないときとか、一人になりたいときに、そこへ上がってじっとしていました。僕が上がっていた時に誰かにあそこで会ったことはないし、誰かが上がってきたことも一度もありません。今でももし、あそこがあのままになっていたら、きっと、聖騎士伯が城門までゆかれるののお役に立つのではないでしょうか」

「ああ、それよ！」

母アクテ夫人はあきれた顔をしていたが、リギアはそうではなかった。喜びのあまり少年を抱きよせ、頬に唇をあてる。少年はたちまち茹でたように真っ赤になった。

「でも、その城壁というのはここから上がれるの？　この部屋から上がれるのでなくては、意味がないわ」娘たちのひとりがおびえた声を立てた。

「それは……もし、聖騎士伯が、お出来になるならだけど……いかがですか、あの」

思いついて、意気込んで言ったのはよいものの、それがリギアにとって城中を通ることや庭を抜けていくことと同じか、それ以上に危険かもしれないことに思い当たったのだろう。マイロンは心配げにリギアを見上げた。「大丈夫よ」リギアははっきりと言った。

「心配しないで。もし危険があったとしても、通り抜けられる望みがあるならなんとかやり通してみせるわ。わたしはお母さまの声を聞きつけてここまで登ってきたのよ、お忘れかしら」

「それだけのお力があるのでしたら、もしかしたら」

マイロンはまだ少しおびえた顔だったが、勇気を出したようにこくりとうなずいた。

「実は、この小塔の裏から、その城壁に飛び移ることができるかもしれないんです。もっと小さかったころ、僕は、その古い武者走りを歩きながら、この塔の後ろ側を通って、もっと背が高くて強かったら、あっちへ飛び移れるかもしれないなあ、試してみたいと感じていました。その時はしなかったけれど」

「まあ、なんて危ない」考えても気が遠くなりそうだという顔でアクテ夫人が額に手を当てている。マイロンは落っつかなげに母をちらりと見て、早口に、

「さっきこの塔へ登っていらっしゃったとき、なんて身軽な方なんだろうと思いました。もし、聖騎士伯さまくらい身が軽くて、力の強いお方なら、縄か何かがあれば、この小塔から城壁へ、飛び移れるんじゃないかと思うんです」

「いけません、マイロン、そんな、危ないことを」

「やりますわ、アクテ様」

リギアはすでに心を決めていた。

「まあ、リギア様」

「いずれにせよ、ここにこうして垂れ込めていてもなんの進展もありませんもの。わたしはせっかちな女で、いつも何かしていないと落ち着かないのですよ。マイロン様、その、城壁に飛び移れそうな場所というのは、どちらにありますの」

「マイロン、いけません！」

「こちらです、聖騎士伯」

マイロンは床に散らばった玩具や敷物をまわって、一つの扉を押し開けた。壁掛けの

下に隠れていたその扉の向こうにはもう一室別の部屋があり、寝起きもできるようになっていたが、アクテ夫人は子供たちを同じ部屋に置くことを選んだらしい。こちらには着替えや敷布、食器、書物などが雑然と積み重ねてあり、暖炉にも火の気がない。かすかにほこり臭い臭いがする。

マイロンは大きく窓を開けていた。

「こちらです、聖騎士伯。ここから、城壁が一番近くに見えるんです」

リギアも身を乗り出してみた。なるほど、ゆるく弧を描いた城壁がここではぐっと近くにせまって、人の背丈の二倍ほどの距離にたっている。縄におもりをつけて投げ、ぶら下がることでもできれば、どうにかあちらへ渡ることは可能そうだ。

「やってみましょう。マイロン様、そのあたりにある敷布を裂いて、縄を作っていただけませんか」

ここから上がってくるときの縄では少々心細い気がした。リギアは食卓からナイフをとってきて布を裂き、マイロンにも手伝わせて強くて長い縄をないあげた。むこうへ十分に届く長さがあることを確かめてから、熊手のような形をした重い燭台を、鉤《かぎ》の手代わりに先に結びつける。

「どうぞ、無事を祈ってくださいな、アクテ様」

戸口から子供たちといっしょに、おびえたような顔で見つめているアクテにリギアは言った。

「お気になさらず、わたしは、こういうがさつな女なんですの。荒事には慣れていますわ。お子様たちを守ってあげてくださいませ。いずれ、吉報をお持ちいたします」

「あの、ああ、どうか、お気をつけて」

ほとんどどう言っていいのかわからぬらしい。しきりに両手をもみ合わせながら、どことなく誇らしげな顔のマイロンに、「本当に、この子ときたら、なんて危ないことを、わたくし……」

「でも、その危ないことが、みなさまを救うことになるかもしれませんわ。どうぞ、お叱りにならないで、アクテ様。わたし、感謝しておりますから」

リギアはもう窓枠の上に乗っていた。

下ではまだ声をかわしながら兵士たちが動き回っている。人通りが切れるのを待って、右手にさげた、布をくりつけた燭台を大きく振りまわしはじめた。

十分に勢いをつけて、向かいの城壁のてっぺんに投げつける。最初は失敗した。引き戻して、二度目を投げつける。今度も失敗した。三度目に、よく振りまわして、思いきり身体を投げだす勢いで投げつけて引っぱると、角張った燭台の足が、向かいの城壁の出っぱりにかちっとはまる感触がした。

（やった！）

アクテ夫人と子供らに手を振ると、腰に巻いた綱を頼りに、一気に空中に飛びだした。大きく身体が揺れ、身体が落ちたかと思うとものすごい勢いで石にぶつかった。目から火が出そうになったが、足はそのまま、空中にぶらぶら揺れている。

体重が腰にかかって、身体がちぎれそうだ。あわてて手探りし、縄をつかみ直して、体勢を立て直す。城壁に引っかけた燭台を起点に、振り子のように触れて城壁に叩きつけられる形になったのだ。肩と腰をひどく打ちつけてずきずき痛むし、すりむけた手はまた血が出てきてやけるようだが、かまってはいられない。

歯を食いしばって綱にとりつき、登りはじめた。むかいの塔の窓から、マイロンとアクテ夫人、子供たちがはらはらしながら見ているのを背中に感じる。背中がきしみ、肩が抜けそうな気がしたが、そんな姿を彼らに見せるわけにはいかなかった。リギアは顔を伏せ、苦痛の声と表情があちらから見えないように隠して、身体をずりあげた。

喜ばしいのは、こちらは塔を登ったときよりずっと距離が短いことだった。いくらもせずにリギアは城壁のふちを乗り越え、反対側におりていた。両足が石組みについてほっとひと息し、見ているアクテ夫人たちに手を振る。

見回すと、マイロンの言っていた古い武者走りというのは、二重になっている城壁のうち古い内側の壁だった。外側の城壁の上には等間隔で篝火が並び、数名の兵士が行き来しているのが見えるが、内側のこちらは土と石でできた基礎が端から崩れており、くぼんだ道も踏み固められた土がほとんどで、ところどころに石が不規則に散らばっているだけの細い小径になっている。

リギアはもう一度大きくアクテ夫人たちに手を振りかえすと、縄を捨て、身を低くして小径を歩きだした。両側が矢狭間を備えた土壁になっているので、姿はじゅうぶん周囲から隠れる。

どちらが城壁の方向かというのは気になったが、それは、聞こえてくる人声の多い方へと歩くことにきめた。もしグインが来ている、もしくは、誰であれあのラカントとかいう男をあわてさせる来訪者があるというのなら、そちらへ人が集まっているのが定法であるだろう。

(それにもし、万が一駄目でも、なんとか外へ出て人に知らせることはできる……)

両手を古い土壁に添わせながらそろそろと歩く。月は白い。満月ではないのがかえって助かった。もし月の光でも明るすぎれば、城壁の上で動くリギアの姿は人に見えたかもしれない。しかし、なかばを過ぎた月の光はそれなりに明るかったが、ときおり雲に隠れてあたりは闇に包まれた。リギアは慎重に足を運んだが、それでも、ときおりでこぼこの石や崩れた階段につまずいて、転んでしまうことが何度もあった。

ざわめきがかなり近くなってきた。夜を染める松明も篝火も多い。もうそろそろか、と思ったとき、「こちらは、城代グスト男爵である！」という声が響いた。

リギアはあと少しの距離を小走りに進んだ。五十歩ほど行ったところで古い城壁は終わっており、崩れかけた煉瓦の壁になっていた。ざわめきと光はその向こうからやってくる。しばらく手を這わせてさぐり回ると、足をかけられそうなくぼみが見つかった。リギアはくぼみに足をかけ、背伸びしてむこうの様子をのぞいた。

城門が見えた。斜め上から見下ろした形で、地上にも城門の上にもおびただしい松明と篝火が集まっている。リギアは光に当たりすぎないよう注意しながら首をすくめて下を見た。

マントを着た騎馬の人物が二人たたずんでいた。どちらも頭巾を深くおろしているので顔は見えない。しかし、前に立っている人物の巨軀と、それを乗せた馬の山のような大きさを見て、嬉しさのあまりリギアはたてかけた声を押し殺した。しばらく前にワルドで見た姿そのままに、彼は静かにその場を睥睨《へいげい》していた。

「身分を明かされるがいい、到来者よ」誰だかわからない声が言った。どこかおびえているように震えていた。

「ケイロニア王グイン陛下の名を語る者はまことか？　王の名を偽称する者は反逆罪であるぞ！」

それに答えて、先に立った大きな人物がつと頭巾をすべり落とした。豹の丸い耳と黄玉色の双眸が松明の光を受けてゆれた。あっ、というどよめきが周囲をゆすった。

「豹の頭……」

「グイン王！　まさか、本当に」

「なぜ、こんなところに王が――」

「ワルスタット城の人々よ」

深い声でグイン王が語り出した。どよめきは瞬時に収まり、人々は彼の言葉に聞き入るように思えた。リギアも息を殺してじっと耳をすました。

「俺がなぜここにいるのかはあとで話すとしよう。俺は、とある筋から重大な告発を受けてここに来た。ワルスタット侯の妻女アクテ殿が、その権利を奪われ、意志に反して監禁されているという告発だ。俺は王として、また戦士として、その真偽を確かめねばならないと考えてこちらに参上した。城代、グスト男爵」

ひゅっ、と喉を鳴らすような音が聞こえた。リギアは首を伸ばしたが、声の主の姿は見えなかった。

「王として命令する。事の真偽を確かめるため、アクテ夫人をここに呼び出し、話を聞きたい。このような深夜に恐縮ではあるが、夫人を俺に引き合わせてもらえないだろうか」

集まった人々はしんとしていた。しわぶきひとつ音がしない。ややあって、姿の見えないグスト男爵が、震える声で、

「ワルスタット城の城主はディモス様でいらっしゃいます。わたくしどもは、ディモス様のご命令に従っております」

「さよう、それはそのとおりだろう。しかし今、ディモスはここにはいない。パロにいるディモスが、妻女の危地を知らぬとあれば気の毒だ。俺は危急の場合を考えている。ディモスの権利を蹂躙《じゅうりん》したとあらば、あとからいくらでも埋め合わせをしよう。俺はただ、アクテ夫人の無事を確かめたいと言っているだけだ」

しばしまた沈黙があった。リギアが少しじりじりし始めたころになって、別の新しい声が、

「陛下におかれては、わざわざのご出馬たいへん光栄に存じます」

別の堂々とした声が取って代わった。リギアはそれがウィルギスのものだと気がついた。グスト男爵の弱々しい声にかわって、張りのある口調で、

「しかし、アクテ様のお身についてはわれわれ城の者がディモス様よりお預かりしております。われわれはディモス様の臣、たとえ陛下のお求めであっても、主人の奥方をこのような深夜に呼び出すことなどできませぬ。どうぞ日をお改めになり、昼間、きちんとした手順を踏んで、ふたたび問うていただきたく存じます。深夜とあって、アクテ様、お子様がたも、もはやお休みになっていらっしゃる。身繕いをするにも時間がかかります。陛下に、寝乱れた姿をお目にかけることは、アクテ様とてお望みにはならないでし

ょう」

「いや、俺は少しも気にしない。アクテ夫人に失礼であることは重々よくわかっている。だがそれでも、告発の真偽を確かめるには、ぜひとも早くに夫人に面会する必要があるのだ」

「告発と言われるが、それはいったい誰から、どのように告発を受けたのですか？　ディモス様はパロにいらっしゃり、われわれはその留守を守るものです。そのわれわれが何故に、奥方様の自由を奪い、監禁するような挙に出るなどと、いったい何者がそのようなことを陛下の耳に吹き込んだのです」

「さあ、それもまた、夫人の顔を見てから話そう。とにかく、そのような告発があったということなのだ。そして知った以上、放っておくことはできぬと俺は判断した」

「なにも陛下がご自身で乗り出されずとも、ディモス様に使者をお送りになられればよい問題ではございませんか」

「ディモスはパロにいる、そうだな？　そして使者を送り、返事を得るなり彼が何らかの手を打つなりするには長い時間がかかろう。そして、これはおまえたちが知っているかどうかは知らんが、クリスタルの都はいまある災厄によって壊滅に近い状態になっている。ディモスに使者を送ったところで、届かぬ可能性がある。俺はそれも考えて、自分でここに出向くことにしたのだ。もしも本当に夫人がいわれなき監禁の憂き目に遭っているのであれば、一日も早く解放せねばならぬ」

「なぜわれわれが奥方を監禁しているかのように話されるのです。われわれはディモス様と同様に奥方様にも仕える身、そのようなことをする理由がございません」

「俺はそのようなことは一言も言っていないぞ。ただ、アクテ夫人をここへ連れてきてもらいたい、そして話をしたいといっているだけだ。深夜に失礼は重ねてわびよう。しかし、もし夫人が出てこられない理由があるのであれば、納得のいくように話してもらわねばならぬ」

「ですから、明日、明るくなってから、いらっしゃるわけには参りませんか。その頃には奥方様もお目覚めになり、陛下のご訪問を受けられる準備も整っていることでしょう。どうぞ、そのようになさってください。それが双方にとって、もっともよい道でございましょう」

「そうかもしれんが、俺は、あいにく、いま夫人の無事が確かめたいのだ。まったく無理を言っていることは承知の上だ。だが、是非とも、アクテ夫人をここに連れてきて、無事安泰であることを俺に納得させてもらいたい。その上で、失礼は何重にもわびよう。王の身分を盾にとった横暴と考えてもらってよい。俺はなんとしても、夫人の身柄をこの目で見て、納得したいのだ」

しばらく会話がとぎれた。リギアは古城壁に貼りついたまま、息を殺して会話の続きを待っていた。と、ふと、眼下で動くものが見えて、目をこらした。

城門の上、篝火のゆれるわきに、ひとりの人影が這うように出てきた。身を低くしたその影は、身体の下に何かを抱えていた。そいつが身体を起こすと、それは、黒くてがっちりした弩《いしゆみ》であることがわかった。

リギアが息を呑むのと同時に、そいつは、篝火のかげに身をかがめるようにして弩を外へ向けた。そのつがえられた矢の切っ先が、間違いなくグインの巨体の方を向いていると知ったとき、リギアは、夢中で古い城壁の崩れやすい煉瓦壁をのりこえ、その上に立ちあがっていた。

「気をつけて、グイン!」彼女は絶叫した。

「そいつ、あなたを狙っているわよ!」

そう叫んで、相手の頭の上めがけて飛びおりた。すぐ上には降りることができなかったが、すぐ近くにどさっと降り、振りまわした腕を相手にぶつけることができた。地面にぶつかった衝撃で歯ががたがた鳴っていたが、そのまま無我夢中で相手につかみかかり、喉元に指を食いこませて締め上げた。

「ひきょう者!　グインを闇討ちしようとするなんて!……」

相手は恐ろしい声でリギアをののしり、顔を殴って打ち倒した。倒れながらリギアは、相手があのアクテ夫人の部屋に入ってきたラカントという男であることに気がついた。

「破廉恥漢！」彼女はどなった。「女をなぶることしかできないの、あなたは？　ちゃんとした男の相手はできないってことなのね！」

「リギア？　リギアか！」

愕然としてグインが叫んだ。

「グイン、よけて！」

リギアを振り払ったラカントがしゃにむにまた弩を構えようとするのに、また組み付いて引き倒した。もがいて取っ組み合い、腕を蹴りつけて弩をもぎとる。武器を蹴り飛ばし、城門の下へ蹴落としてしまうと、肩で息をしながら背中を壁にそわせて立った。手と言わず足と言わず痛み、血が流れ、顔も肩も腰も打ち身でずきずきしていたが、沸き立つ血でほとんど痛みを忘れていた。

「門の内へ入れ！　扉を閉めろ！」

その頃には、集まっていた兵士たちも動き出していた。もはやどうすることもできないと決めて、城内にこもることを選んだようだ。城門の上にも数人の兵士が駆け上がってきて、リギアの肩をつかんだ。リギアは身を揉んだ。「離して！」

「そいつを閉じこめろ。いや、いっそ始末しろ」

ラカントは目の上を切って血を流し、唇を青黒く腫らしていた。血に染まった片方の目を押さえながら、猛獣のように歯をむいて、

「よくも俺の邪魔をしてくれたな。生かしておいたのが間違いだった。ほかの奴らとも、さっさと殺して、死体を始末するほうがずっと簡単だったんだ」

「下衆！」両腕を押さえられながらリギアはつばを吐き、足で蹴った。身体の横で篝火が崩れ落ち、火の粉を吹き上げた。

「リギア！」

グインが咆哮をあげ、さっと手をふりあげた。それと同時に、グインの後方にいた小柄な人物が、指を口に当てて鋭く高く呼び子を鳴らした。

一瞬後に、どこからともなく馬蹄の音がした。暗い街から、湧き出るように馬首をそろえた騎士たちが現れて、右往左往するワルスタット城の兵士たちにつっこんできた。

「マルーク・グイン！」

先頭に立っている騎士が声をあげた。後ろに続いている騎士たちも唱和した。

「マルーク・グイン！　グイン！」

この伏兵の登場に、ワルスタット城は完全に浮き足立った。手にしていた松明をてんでに投げ捨て、算を乱して城門へと吸い込まれていく。あとには倒れた篝火と火の消えた松明、投げだされた兜が散乱した。

「陛下！」

「リギアがあそこにいる」

馬をよせてきたアランにグインは城壁の上をさした。

「彼女を救ってくれ。古い友人なのだ。ここにいる理由はわからんが」

「承知しました！」

ときの声を上げてアランは突進した。腕をつかまれて牽《ひ》かれていこうとしながら、リギアは懸命に抵抗している。牽いていこうとする兵士たちもことの成り行きにおびえて、たがいに邪魔になりあっている。

数名の兵士が馬蹄にかけられ、さらに何名かが逃げ散った。アランの配下たちも入り乱れる兵士のあいだを乗り切り、城門に接近しようとあがいている。

「格子を降ろせ！」

せっぱつまったウィルギスの声が響いた。じゃらじゃらと重い鎖の音がした。まだ外に何人かの兵士を残したまま、ワルスタット城の城門を閉ざす太い樫と鉄の帯で補強した落とし格子が、城門の上から姿を見せた。

「降ろせ！　早く、降ろせ！」

ラカントが狂ったようにわめいている。降りきらないうちにアンテーヌの騎士たちが入り込もうとするが、走り回る兵士に邪魔されてわずかに届かない。アランが罵声を放ち、突進した。剣がガツンと樫にぶつかり、はねかえった。格子はもう半分以上降りていた。

「陛下？」

突然、グインが馬を飛びおりたのを見てアランは叫んだ。グインは兵士たちをはねのけ、おしのけ、巨大な破城槌のように城門にとりついた。もうそのころにはほとんど落とし格子は降りきって、グインの腰の下あたりに端があるだけだった。

「陛下、何を！」

グウゥッとグインの喉が鳴った。彼は両腕と肩を格子の下に突き込み、その全重量を背中に乗せた。マントが盛り上がり、衣服の下で引き絞られた筋肉が縄のように隆起した。黄玉の目はかっと見開かれ、曲げた膝がぶるぶると震えた。

「いけません、危険です、陛下！　おさがりください！」

さらにグインは唸った。むきだしの肩と腕に、玉のような汗が噴き出してきた。首筋の筋肉が鋼のようにこわばり、くっきりと筋が浮かび出た。まっ白な牙がすべてむき出され、グインの豹頭は憤怒の仮面となった。

「陛下……！」

格子がみしりときしんだ。ふんばったグインの両足がたわんだ。

「ガアアッ！」

咆哮とともにグインはその力を解き放った。降りかけていた落とし格子ははじき返され、鎖の音を立てながら、高々と持ち上げられていた。

第三話　聖都騒乱

1

夜のヤガの空にうねりくねる巨大な影がのびあがっていった。それは砕けた壁や、屋根や、柱や床を四方にまき散らし、土煙をたて、もののくだける轟音と悲鳴をふりまいていた。見る間にのびていく梢からは大風に吹き上げられたかのようないくつもの小さな人影が逆落としに落下し、甲高い絶叫をあげつつ地面に転がり落ちていた。

「いったいなんだ？」

地響きと轟音を聞きつけて飛びだしてきた人々は口々に言った。

「いったいどうした？　あの音はなんだ？」

そしてミロク大神殿へと走ったものはもっとものすごい情景を目にすることとなった。地面から、誰ひとり見たことも想像したこともないほどの巨大な樹木の幹がにょきにょきと生えてきて、大神殿の階《きざはし》を砕き、壁を破壊し、建ち並ぶ塔をかたはしから破壊しているのを目の当たりにすることになったのだ。

恐怖のあまりあとずさった人の口から泣き声のような祈りが漏れた。

「ああ、ミロク様！」

「ミロク様、お助けください！」

だが緑の蹂躙はやむことなく大神殿に広がっていった。地面が盛り上がり、突き出してきた太い根が生き物のようにうねって広場を持ち上げていく。集まっていた信徒たちは盛り上がりひび割れた地面に呑み込まれるものあり、生き物のような根にからみつかれて絶叫するものありで、たちまちあたりから逃げ出していった。あとにはわずかな生き残りたちが助けを求める声と、バサバサ、バキバキという植物の立てる恐るべき音が鳴り響いているばかりだった。

蹂躙が続いているのは地面の上だけではなかった。四方に伸びる枝はこれもまた生きたもののようにうごめき、葉先をのばしては次々と高い尖塔に指をのばしてからめとり、引き倒していった。ばらばらとがれきが降り注ぎ、訳もわからず逃げ遅れた人間が金切り声を上げつつそれに加わった。宙に放り出された人体は砂袋のように落ちてきて地面にぶつかり、臓物をはみ出させ、あるいは頭を打ち砕かれて鮮血のしみをあたりにまき散らした。伸びてゆく枝々は屋根を突き破り、濛々《もうもう》と煙を立て、聖都を見下ろす月の表に血色の薄雲をかけた。

そしてその樹幹には、一体の巨大な体軀の怪人が居座っていた。全身を覆う蔦やシダ類をゆすりたて、小枝のような両腕を振りたてて、それは両の眸《ひとみ》を業火の真紅にもやしながら、空に轟くわめき声でたった一つの名を口にしていた。

「ババ——ヤガ！　ババ——ヤガ！　ババ——ヤガ！」

一時は取り去られた狂気が、強烈な憤怒と時間の檻に囚われた体験によって、ふたたび戻ってきたかのようだった。ノスフェラスの魔道師は吠えたけりながら両腕を振りまわし、木の根に似た脚を踏みならしていた。そのたびに、彼をのせた樹木はますます太さと凶暴さをまし、木でできた大蛇のように空中に鎌首をもたげて、ヤガの中心たるミロク大神殿を、その巨大なとぐろの中に締め上げていくのだった。

「いかん」

イェライシャが言った。彼は空中に遠視の鏡を映し出して、狂乱するババヤガの様子を見ていた。

「やつめ、完全にわれを忘れておる。あの暴走をなんとかせぬと、ここにいるわれらまであやうくなるぞ。ぐずぐずしておると、大神殿そのものが灰燼《かいじん》に帰してしまう」

「大気が震えています」見えぬ目で不安げに左右を見渡しながらアニルッダが言った。ティンシャはすくみあがって彼の袖に身を隠している。

「地面がのたうっているのが伝わってきます。ものすごい力です。こんな強烈な、しかも異常な力は、これまで感じたことがありません」

『われが説得にむかいましょうか？』ぶんぶん音を立てながらイグ＝ソッグが舞いくだってきた。イェライシャは手を振って、

「いや、今、そなたであろうと、誰がなんといおうとババヤガの耳には届くまい。荒野の怒りはおそろしいものなのだ。とにかくわれらはひとまずここを脱出し、安全なところへ向かおう。ババヤガの魔力が大気中に満ち満ちておる今ならば、多少はわれが魔道を使おうと見つかる心配はない。さほど大規模なことはできぬが、ここにいるみなを大神殿の外へ出すくらいは可能であろう」

「外へ出られるのですか？」ヨナとフロリーが息を弾ませて手を取り合った。「ああ、感謝します、老師！」

「遠くへは行けぬがな。ひとまずババヤガの力の届かぬ所へ避難するのだ。ここは異空間にあるとはいえ大神殿の一部、このままここにいては、ババヤガが暴走させておる力に握りつぶされてしまう」

『こんなおっかない場所で、根っこに握りつぶされるのはごめんさね』ザザがカーカーいった。『とっとと外へ出しておくれ、魔道師』

「はて、ちと待ってくれ。わしらもいっしょに外へ連れて出る気かな」

ヤモイ・シンが首を突き出して渋面を作った。

「それはちと困るの。わしらはまだヤロールを見つけ出しておらん。じゃというに、あれをおいたまま自分たちだけ逃げて失せるのは、師僧としての筋がとおらぬ」

「外で何が起こっておるかは問題ではない」

ソラ・ウィンも不機嫌そうに同意した。

「われらはヤロールを見つけて説諭を加えたいだけであると言うに、なにゆえそれがかなえられぬか。そこの猪武者はヤロールを探して連れ戻ると約定《やくじょう》したに、まだ影も見えぬ。ヤロールを見つけぬうちは、われら、この神殿を離れるわけにはいかぬぞよ」

「しかし、危険なのだぞ、おのおのがた。ババヤガの魔力はすぐにこの神殿を覆いつくす。ヤロールとやらを探すいとまなど、とてもあるまい」

「すべてはミロクのお導きよ」

ヤモイ・シンはかるく片手を胸の前に立てて拝み、

「たといどのような騒乱のちまたにあっても、ミロクの御意志あらばヤロールを見いだすことは可能であろう。道を守るものの祈りに対して、ミロクは常に誠実であらせられるのであるからの」

「老師よ、この……御僧がたに説教しても無駄だぞ」

ブランがむすっと口をはさんだ。

「俺はもうそのようなことをしてもなんの意味もないと学んだ。この方々は何であろうが自分のしたいようにするのだ。ヤロールを探すとあれば探すであろう。この方々はすっぱりここへ置いていって、俺たちをここから連れ出してくれ」

「しかし、危険とわかっているところへ人を放り出していくわけにもいかぬ」

「ヤロールというのを見つけ出す約束をしたのだろう、ブランよ。誓いを果たさず放り出していこうなどというのはちと心ないのではないか」

「からかうのはよしてくれ、スカール殿」

皮肉めかしてスカールがはさんだ口を、ブランは首を振って払いのけた。

「俺は俺なりに精いっぱいやっているのだ。このじじいどもが何をやっても満足せぬのは俺が悪いのではない。このじじいどもの融通の利かぬ、世間離れした頭が悪いのだ。神殿中で魔道師に追いかけられ、兵士に追われ、見張られていて、超越大師などとたてまつられている相手ひとりをあっさり連れ出してくるなど、できてたまるか。やりたいというなら、その二人に任せてしまうがいい。俺はもう、ごめんこうむる」

「や、や、誓いを破るというのかな、はて、武者よ、それはちといかぬ」

ヤモイ・シンが悲しげに首を振る。ソラ・ウィンがそれ見たことかと言いたげに、

「どうせ粗暴の徒よ。口から出まかせの言葉など、信じるに値せぬということだ」

なんとでも言えとばかりにブランはそっぽを向いている。イェライシャは取りなすように口を開きかけたが、次の瞬間、むっと息をつめて、両手を前にかまえた。

「いかん。空間が壊れる。みな、わしの手を取れ、ひとまず飛ぶぞ」

イェライシャは大きく円を描くように手を回し、腕を突き出した。背を向けて離れようとしたヤモイ・シンとソラ・ウィンも抱き込み、ヨナとフロリーを包み込み、アニルッダとティンシャを吸い込んで、ザザと光る小さな点になったイグ＝ソッグも呑み込んだ。ところが、端に立っていたブランとスカールをその手に包み込もうとしたとき、ものすごい衝撃があたりをおそった。

ブランはあっと言ったきりその場に打ち倒れた。巨大な金槌で頭をなぐられたような振動が全身を突っ走り、一瞬、何もわからなくなった。すぐ近くで、スカールも、棒きれを倒すようにくずおれるのが見えた。必死になって手を伸ばし、スカールをつかもうとしたが、どうしたことか、すぐそこに見えているスカールが、飴をのばしたようにどんどん視界の外へと遠ざかる。

「スカール殿！　スカール――」

喉をしぼってよびかけるが、ひゅうひゅうというかすれた音が舌を抜けるばかりだ。

背中に鉄の重しが載せられているように感じられ、背骨がねじられるようにきしんでずっと引き延ばされると思った。背中だけではなく全身が溶け、ねじれ、どこまでも引き延ばされてあたりが急速に縮んでいく。

はっとして起き直った。突然、ものすごい轟音と埃とあたりに響き渡る悲鳴や叫喚の声に気がついた。ぎょっと周囲を見やる。そこは半壊した大神殿の通廊で、左右の壁にはひびが走って崩れ落ち、梁や柱はみしみしと曲がって今にもへし折れそうになっていた。天井は上から押されてでもいるように不気味にたわんでみしみしきしんでいる。見ている間に、天井の一部がはじけ、蛇にも似た樹木の一端が、ざわざわと葉叢《はむら》をゆらしながらその隙間を埋めた。

「なんだ――」

思わずそう呟いたとたん、床が盛り上がって吹き飛んだ。うねくる樹木の根が這いだしてきて、みるみるうちにあたりの壁や敷居に絡みついた。ブランは根から身を退き、近くに転がっていた自分の剣をつかんで、立ちあがった。すぐ近くに、同じように起き上がりかけてうめいている誰かの姿が見えた。

「スカール殿！」

声をかけて、走り寄った。スカールは剣を杖に、けんめいに上体を起こそうとしているところだった。ブランが手を貸して立ちあがらせると、頭を押さえてふらつきながら身を起こし、呆然として周囲を見た。

「これは――いったい何だ。俺たちはなぜこんなところに」

「よくはわからんが、どうやら、ババヤガの怒りにさらされている最中の大神殿の中らしいぞ」

頭上から蔦と樹木の枝がくねり伸びてきた。ブランは剣を抜いてそれをたたき切り、腹立ちまぎれに踏みにじった。

「なぜだ。老師は、われわれを連れて神殿の外へ転移したのではなかったのか」

「よくはわからんが――俺たちは、どうやらそこからこぼれ落ちてしまったらしいぞ」

頭上からひっきりなしに石くれや漆喰《しっくい》の粉がふりかかってくる。ブランとスカールはたがいに支え合うようにして、その場を離れてよろよろと歩き始めた。

『スカール。ブランよ』

弱々しい声が耳もとで響いた。はっとして二人は耳に手を当てた。

「老師。老師か」ブランが言う。スカールも、

「いったい何なのだ、このありさまは」

『すまぬ。ババヤガの力に邪魔されて、そなたら二人を結界に包み込みそこねた』

イェライシャの声は沈痛だった。ブランは思わずかっとして、「役に立たぬ年寄りめ」とののしった。スカールはひとまずブランを鎮めて、

「ほかの者たちは無事に脱出したのですか」

『うむ。ヤモイ・シン殿とソラ・ウィン殿は非常にご不快の念を示されているが、みな無事でいる。すまぬ、わしがババヤガの力を甘く見積もりすぎた』

「もうそんなことはよい。それでは俺たちは、自力でここを脱出するしかないというこ

とだな」

　ブランは乱暴にさえぎって、混乱の中を数歩あるいた。あちこちでものの壊れる音やめきめきみしみしという音がたえまなく響き、人が逃げ出してきては転びつまずきひっくり返りながら一目散に走っていく。

「いずれにせよ、もう兵士や何かに見つかる心配はせんですみそうだ。俺としてはむしろ、そのことがありがたい」

「いまいちど、俺たちを連れに戻ってくるわけにはいかぬのか、老師」

　スカールはこの混乱の中を抜けるのは少し不安らしく、肩をすくめてささやいた。

「そうしてもらえれば話が早いと思うのだが」

『それも、申し訳ない』イェライシャの声はか細くなり、耳の奥でかすかに鳴っているばかりになった。『……ババヤガの力がますます強くなっていて、そなたら二人の座標をうまく捕捉しきれぬ。およその目測で転移させることはできるが、かなりの誤差が出て、あたりの空間や建物ごとごっそりえぐり取ることになりかねぬ。そなたらに怪我がないよう、できるかぎりはからいはするが――』

「保証はできぬ、というわけか」

　げんなりしてスカールは呟いた。

「もう行こう、スカール殿」ブランは言った。

「どうせ怪我をするなら、自分のわけのわかる範囲で怪我をしたい。もう魔道とやらに振りまわされるのはたくさんだ。さいわい、ここから脱出するだけならば、俺たちの剣がものを言う」

　抜きはなった剣をかかげてみせ、ブランは二度三度と宙を切った。

「ババヤガの狂乱がどのくらいのものか知らぬが、とにかく、外へ逃れ出るくらい、われわれの力でなんとかならんわけでもなかろう。もはや見張りの目を気にしたりする必要もないのだ。堂々と剣を振りまわして、敵の中を切り抜けていけばよい。それこそ、俺とあなたの得意とするところではないか」

「そうか。まあ、それもそうだ」

　スカールはしばらく渋い顔をしていたが、やがて笑って、ブランのそばに肩を寄せた。

「要は無事に外へ出られればよいわけだ。おまえの言うとおり、剣をとって切り抜けるのはわれらの常套手段だな。では、いこうか、猪殿。進んでいけば、もしかしたら、あの僧たちとの約束のヤロールに巡り会うかもしれんぞ」

「悪い冗談はやめてくれ」

　スカールは大きく一声吠えるように笑ってブランの背中を叩き、剣を抜き放って、揺れ動く大神殿の埃立ちこめる廊下を大股に歩き始めた。

ふたたび物凄い衝撃が来て、カン・レイゼンモンロンはそばの壁に叩きつけられた。よろめく脚を踏みしめて壁を押し離し、通路を急ぐ。このあたりではまだ崩壊には至っていなかったが、四方からはひっきりなしにざわざわ、ピシピシと音がし、壁が不吉にたわむところが何度も目に入る。大神殿でも最深部に近いここでは壁は頑強にできており、異界の材質でつくられた柱や隔壁は容易なことでは壊れるわけはなかったが、四方八方から迫り来る破壊と崩壊の気配は、容赦なく、この異界の生き物の精神に恐怖と焦慮を焼きつけてやまなかった。

いったいなぜこんなことになっているのかわからなかった。あの時間停滞装置はなまじなことで破壊されるようなものではなく、この地に降り立ったときに持ち込まれた品物の中でももっとも信頼できるものの一つとして、これまでにも何度か使用されてきたもののはずだった。

ババヤガがどうやって時間停滞の檻を破壊したのか、破壊し得てなおかつここまでの力をふるうことができているのか、彼にはまったくわからなかった。その点について彼は、ノスフェラスとその地に根付いた魔道師の野生の力とでも言うべきものを完璧に見あやまっていた。彼が考えていたよりもなおババヤガのノスフェラスの力《パワー》は広大で奔放であり、強力、かつ、予測のつかないものだったのだ。その時間をも超える悠久の力によって機械が破壊されたのだと悟るには、彼はあまりにも高慢で、自分に自信を持ちすぎていた。

　一歩ごとによろめく脚を立て直しながら、彼は、駆けつけた先で見た破片となった時間停滞機械と、ババヤガのいた場所にうねりくねって伸び続ける樹木の幹を見たことを思い返した。それはあまりのことに立ち尽くす彼の前でなおも身をゆすって伸び続け、ミシミシ、パキパキと音を立てながら、するすると枝を伸ばして彼をも緑の渦の中にまきこんでしまおうとしたのである。

　とっさのところで自失からさめ、あやうく逃げ去ったものの、樹木がみるみるうちに大神殿全体に広がり、巨大な手のごとくゆっくりとそれをつかみ潰しはじめるのをとめることはできなかった。彼は逃げたが、樹はそれを追ってきた。樹冠に陣取った怪人が咆哮をあげるのに追い立てられるようにして、樹木の枝や根がのたくりながらあらゆる場所に入り込んできて、屋根を剥がし、壁を破り、柱をへし折った。壮麗な大神殿のほとんどはもはや見る影もなく、緑の天蓋の下につつまれていた。

　白く灼けたような頭で、彼は、主、竜王ヤンダル・ゾッグのことを考えていた。ミロク降臨の儀式に失敗し、いま、またこのような破滅的な事態に襲われて、主はこのような失態を犯した自分に対してどのような処置をとるであろうという一点に彼の思考は集中した。いくら呼びかけても相変わらず応えぬ主ではあったが、その沈黙こそが、恐ろしかった。なにも応えが返らないことが、さらに恐ろしい憶測と恐怖を彼の内に呼び起こした。長い間人間に擬態して生きてきた彼にとって、不安と不信、恐怖はとりついた宿痾《しゅくあ》だった。これまでは、ついぞ問題にもならなかったそれが、計画の崩壊するさまを目前にした今になって、一気に噴出していた。

もしかしたら、彼はもはや狂気に陥りかけていたのかもしれない。もともと血の冷たい、理性と論理しかもたぬ彼の種族にとってはありえぬことではあったが、確かに彼は狂いかけていたのだった。始まったのは今ではない、人間に姿を変え、その生活の中に忍び込んだ際にすでにその種はまかれていた。どうにもならぬ失態というこのありさまに、人間への擬態という諸刃の剣によって育っていた非論理的な感情的反応が、冷静であるべき思考をこわし、論理的であるべき精神を破壊して、彼らがはるか昔、竜王によって知恵ある種族に造りかえられるまえの動物的な生き物に、彼をもどしてしまったかのようだった。

すこし前に、部下の魔道師たちが目の前に集まってきていたような気もする。金切り声をあげて彼らを叱咤し、大神殿の上で狂い回る怪人を一刻も早く始末するように命令を下した気もする。しかし、それらの記憶はみな、焦りと恐怖の前にまっ白に覆い隠されていた。考えられるのはただひとつ、主、竜王ヤンダル・ゾッグの怒り、ただそれだけであった。

「主よ、わが主よ」

必死に壁の上を這うように動きながら彼は言った。またもや物凄い震動が走り、床を突きあげ壁を揺すった。

「主よ、どうぞお応えを。主ヤンダル・ゾッグよ。主よ。主よ」

彼はよろめきながら通路を先へ向かった……向かう先は緊急の小部屋だった。かつて、遠い昔、小さな星船でこの地に降り立って以来、一度も入ったことのない危急の際のための場所だった。

そこには最後に何もかもを無にすることがあるなら使用するべき、魔道の器械がしまわれていた。いったん発動させられれば、それは、巨大なエネルギーをはなって、ヤガ一帯を吹き飛ばし、街と周囲の土地を含む広大な場所を蒸気に変えてしまうはずだった。けっして使うことはあるまいと思われたその器械を、ついに作動させようと思い詰めるほど彼は錯乱していた。もとより彼がこの地に送られてきたのはヤガとその民とを手に入れるためであり、彼らを破壊してしまえばすべては水の泡になることも失念するほどに。彼が考えていたのはひたすら、自分の失地を回復すること、手のつけられぬ状況になっていく事態を一気に打破すること、それだけだった。

這うようにして彼は壁に手を当てた。虹色にきらめく切り子面が壁の上に頭を出していた。その上に、ある手順で次々と触れていくと、壁の一部が、蕾のはじけるように口を開いた。中へ転がり込むようにして入る。と、あたりを満たす目もくらむような輝きにあっと言って立ち尽くした。本来ならば静かな、小さな光とささやきに満ちているはずだった秘密の部屋は、百万もの目を突き刺すようなぎらぎらとした光とまたたきに満ちていたのである。

ノスフェラスの魔道師の嵐のような魔力はここにまで影響を及ぼしていたのであった。異界の魔道によって均衡を保たれていた器械は異質な力の干渉を受けて、暴走と言っていい作動をすでに起こしていた。カン・レイゼンモンロンはうめき声をあげ、つかみかかるようにして器械の操作盤ににじり寄った。異常な文字としるしがならび、人間ではないものが操作するようにしつらえられたそれは渦を巻くような黄色と紫の光に覆いつくされ、脈打つ紅色の光がその上に躍っていた。小部屋を埋める器械はおよそ人間界で見るどんなものにも似ていなかったが、その、異界の動物の内臓めいた不規則な曲線と異質な幾何学に支配された器械は、今や脳髄を突き刺すような光の乱舞の中にうずもれていた。

カン・レイゼンモンロンはわめき声を上げながら両手で操作盤を打ちつけた。青白い電光が走り、彼の手指を焼いた。シューッと息を吹いて引き下がると、灼けた手の指がべろりと垂れ下がり、鱗に覆われたかぎ爪のある前肢がのぞいた。ぼろぼろになった皮の残滓《ざんし》が垂れ下がる指を口に入れる。その口も、偽装がとけてぎざぎざの、かみそりのような歯が並びはじめていた。

もう一度、青白い電光の走り回る器械にかがみ込もうとする。真っ白になるほどのものすごい球電がわきおこり、彼の顔面をおそった。彼は両手で頭を抱え、絶叫しながら後ろにひっくり返った。電光はばりばり音を立てながら網目を広げて器械全体に広がり、全体を覆いつくした。あちこちで小爆発が起こり、小さな破片や部品がこぼれ落ちてきた。不気味な地響きが床を揺すり、遠く、ノスフェラスの魔術師の咆哮が、地の底のこの一室までもかすかに響いてきた。

カン・レイゼンモンロンは頭を上げた。すでに人間の姿を保てていなかった。顔を覆っていた皮がはがれ、緑色の鱗に覆われた、蛇に似た爬虫類の頭部がむきだしになっていた。その頭部も、一方の目が灼け潰れ、白っぽい漿液を垂らしており、顔の半分は鱗が焦げてはがれ、紫色のかった肉が露出している。煮えた目玉が落ちくぼんだ眼窩《がんか》の奥で白く光っており、残ったもう一方の目が、内側からあぶられたように金と紫色に、狂ったようにぎらついていた。

彼は口を開けた。そこから飛びだしてきたのは意味のとれない叫び声であり、鳴き声であり、彼の種族がまだ原初の荒野にすむ蜥蜴《とかげ》族だったころの、意志も理性もなくした声だった。彼はかがやき震え続ける器械から離れ、這うように部屋を出た。ずるりと首が伸び、胴体が伸び、手足が伸びた。次々と身体から皮が剝がれ落ち、肉体が変形した。意思の制御を離れて、カン・レイゼンモンロンの肉体は、もとの蜥蜴族の姿に、さらに、その先の変身を暴走させた姿に、急速に変形しつつあった。

2

「助けてくれ、誰か、誰かおらぬか！」

「おお、いったい何が起こっているのだ、これ、誰かおらんか、おらんかと言うに！」

　鳴動を続ける大神殿の奥から、転がるように出てきたものたちがいた。鶏のように痩せ細った老人、肥満した男、商人めいた目の細い男、弱々しげなあまり特徴というものを持たない男――彼らはみな華麗な装束に身を包んでおり、片手に杯を持っているものもいた。

　五大師、いまは四人しかいない彼らだが、ミロク大祭、ミロク降臨が失敗に終わったあと、なにもわからぬまま神殿の奥に押し込められて、やけ酒をがぶ飲みしていたのである。

　そこへ襲ってきた突然の異変に、すっかり度肝をぬかれて何をしていいのかもわからぬありさまだった。もともと、これといった能力もなく、ただカン・レイゼンモンロンの傀儡として手頃であったという理由でだけ集められた彼らである。異変にあたってもなんの反応がとれるわけでもなく、ただ右往左往して、助けを求めてわめきたてるばかりだった。

「これ、誰か、誰かおらんか！」

「われらを誰だと思うておる、すぐに助けよ、これ、早うせんか！」

必死にわめき散らすが、混乱の極にある大神殿の内では、その声も鳴動ときしみと人々の叫喚に消されがちで、たまに姿を見せる人間も自分の身を救うことに必死になっている。数名が駆けてきて、大師がたを手を取って連れ出そうとするが、すっかり錯乱した彼らは、その救いの手につかまって引き倒そうとするやら、あるいは逆に振り払って狂ったように駆け出そうとするやら、おとなしくしようとしない。

「ええい、手を触れるな、きさま、この騒動の主のまわしものか？　さては、われらを人質にとらんとしておるな！」

「助けてくれ、助けてくれ、ええい早う外へ連れ出してくれ、早う、早う」

あまりにも抵抗するので救うのをあきらめて行ってしまうものもいたが、それでも、篤信《とくしん》のものが数名、苦労しながら大師がたを導いて、地上への道を上りはじめた。おいおい泣いたり、転んだり、お互いに突き倒しあったり、引きずり倒したりしながらよたよたと外へ向かうそのさまは、どう見ても聖者と呼べるものではなかった。

「超越大師様はどこにいらっしゃる？」

必死に大師を支えていたひとりがふと気づいて声をあげた。

「超越大師様をお救いせねばならぬ。ヤロール様はどちらに、どちらにいらっしゃるか！」

泣きわめき、つまずいたり転んだりしている大師たちを先に行かせ、別れた二、三人が探しに走った。震動が走る神殿の奥で、やがて見いだしたのは、ある一室で、寝台の上に大の字になって正体もなく眠っているヤロールの姿だった。

「超越大師様！」

彼らはすぐに寝台に駆け寄り、ヤロールの身体を担ぎあげた。

「ここは危険でございます。すぐにお逃げください！」

ヤロールは喉の奥からかすかな声を絞りだした。黒蓮の汁を与えられて眠っていた彼の眠りは容易に覚めるものではなかった。無理に引きずり起こされ、立たされ、着物をかぶせられて引き立てられるうち、ようやく少しずつ目が開いてきた。その開いた目に飛び込んできたものは、鳴動する天井や床と、崩れ落ちてくる壁やきしんでひびの走る柱のようすだった。ヤロールはかすれた悲鳴をあげた。

「ミロクよ！　どうしたのだ？　いったいなにがどうなっている？」

「わかりません、ただ、お早く外へ、外へ！　ここは危険です！」

引きずられるままヤロールもまた、大師たちのあとを追うように地上への途を引きずりあげて行かれた。周囲の混乱以上に、彼の頭はもっと混乱していた。生涯でもっとも輝かしい瞬間、正真のミロクの降臨と、その合一とで、真のまったきミロクの化身として自分は生まれ変わるはずであった……その瞬間をまさに迎えようとしていた……にもかかわらず、その荘厳な儀式は、闖入者の存在によって打ち砕かれた。

そのことを思いだそうとするとひどく頭が痛んだ。二人の老僧……ぼろをまとい、痩せこけた二人の僧……その二人がとつぜん光の中から現れ、自分に呼びかけてきたのだ。死んだはずの二人が。いるはずのない二人が。生き身のミロクであるはずの自分に無礼にも直接呼びかけ、ミロクの降臨を否定し、儀式を汚したのだ。

そしてすぐそばまで、ほんのすぐそばまで降りてきていらしたミロクは、儀式の破壊と同時に煙のように姿を薄くし、そして、消えていってしまわれた……

そのことを思いだして、ヤロールはやみくもにもがいた。自分をつかまえているものたちが、あの老僧たちが送ってきた回し者のように思えて強烈な恐怖感がわいた。あの僧たちは駄目だ。彼らはいけない。いてはいけないのだ。ミロクの化身、ミロクの代理人としている、この超越大師ヤロールのそばに、いてはいけないものなのだ……

「ヤロール様、どうぞお静まりを！」

「ええ、うるさい、うるさい！　私は超越大師ヤロールなるぞ、ミロクの代弁者、地上なるミロク、聖なるみ言葉の受諾者にして語り手……」

黒蓮の汁の効き目はまだ体内に残っていた。手を動かすと、虹のような軌跡が空中に残って目を焼いた。震動と身体の浮遊の区別がつかず、両手をばたばたと動かして逃れようとしたが、押さえつけられるばかりだった。薬物がもたらす悪夢と、いま自分の身に実際起こっていることの区別がつかないまま、ヤロールは、あちこちぶつかり転がりながら、地上への道をのぼっていった。

地上にでたとたん、どっと騒音が四方八方から襲いかかってきた。人々が逃げ惑っている。地面から隆起してきた木の根があちこちを狂ったようにうねり、見ている間にも緑の木々や草が土や石の隙間を持ち上げてわきあがってくる。頭上からつぎつぎとがれきが崩落してきて地面にぶつかり、砕け散る。あたりは濃い緑と土のにおいがたちこめ、埃や人々の体臭もほとんど消えてしまうくらいだった。崩れた壁や屋根からは競うように緑の枝葉が伸び出して、残った壁やはしらをたちまちからめとっていく。

「ヤロール様？」

「おお、ヤロール様！　ヤロール様だ！」

ヤロールが姿を現したことに気づいた人々が、どっと押し寄せてきた。

「ヤロール様、この地震と木々はいったい何事でございますか？」

「ヤロール様、お救いください！　ミロクのお怒りをどうぞおとりなしください！」

「ヤロール様、聖なるお方、どうぞお助けを！」

「ヤロール様！　ヤロール様！」

「さがれ！　さがれ！」

震え上がってヤロールは叫んだ。両手を振って群衆を払いのけ、後ろに下がって頭を抱える。

「わ、私は知らぬ、何も知らぬ！　これは私のやっていることではない！　私は知らぬ！　あっちへ行け、ものども！　私にかまうな、行け！」

「ヤロール様、どうぞ――」

「ミロクの代理人様、ミロクとお言葉を交わされるお方」

「この異変をお鎮めください。われらをお助けください」

「ミロク様にわれわれの祈りをお届けください。ヤロール様」

「ヤロール様」

「ヤロール様」

「やめろおおおおお！」

叫んで、ヤロールはその場にうずくまってしまった。背中を向け、ひたすら小さくなり、身体を丸めて人々の声から身を守るようにちぢこまる。

「私は、私は知らぬ。私は何も知らぬ！　これは私のしわざではない！　す、救いなど、救いなど知らぬ！　おまえたちも知らぬ！　私は、私は……」

「さよう、そなたはただのヤロールよ。それが、やっとわかったかの」

穏やかな声でありながら、鳴動の中でも朗々と響く声でもあった。両手に頭を埋めてうずくまっていたヤロールは、ぎくりとして顔を上げた。上空から明るい白い球がふっと近づいてきて、地上に、三人の人間を吐き出した。

ひとりは若く、まるい剃髪頭とほっそりした身体をし、額や首筋にかけて蔓草状の文様を文身《いれずみ》している。そして、あとに続く二人は、ぼろをまとい、骨と皮ばかりに痩せ細った二人連れで、一人は干した林檎のようにしわびて丸く、もう一人は猿の木乃伊《ミイラ》のようにかれがれと乾いて細い。

ヤロールは悲鳴をあげた。

「ヤロールよ、やっとこさ参ったぞよ」

干し林檎のような老僧が、しわだらけの顔を笑み崩れさせて笑いかけた。

「ずっと以前からそなたにせねばならなんだ説諭を、ようやく、することができるようだの」

三人を残してふっとまた離れていった白球は、そのままふわりと高く舞いあがり、大神殿のてっぺんで咆哮しているノスフェラスの魔術師のもとへと急速に舞いあがっていった。

「あのお三方を降ろしてきてよかったのでしょうか」

ヨナがおずおずという。彼は肩にザザをとまらせ、心配そうに足もとの大騒乱を見下ろしていた。

「ああ強硬に言われては従わぬわけにもいくまい」

苦笑いを含んで言ったのはイェライイシャである。ブランとスカールをとりこぼしたまま神殿の地下を脱出した彼らは、ヨナたちを地上に降ろす適当な場所を見つけられずにいたところ、ヤロールが地上に出てきたのを見つけたヤモイ・シンとソラ・ウィンが、どうしても自分たちを地上に降ろせと主張した。根負けしたイェライイシャは、お二人が降りるのならば自分も降りると言い出したアニルッダとともに、三人をヤロールのいる神殿の前広場だったところに降ろした。

危険である、ということで残されたティンシャは泣きそうな顔でフロリーにしがみついている。フロリーも恐怖を懸命にこらえている様子で、膝をついてティンシャを抱きしめ、髪をなでていた。頭を上げて、

「老師様、この異変はいったい――」

「見ての通りよ。ノスフェラスの魔道師、ババヤガが、我を忘れて憤怒に狂っておる」

イェライイシャの光球は大神殿のあった場所のはるか上空を飛んでいた。下方に、みるみるうちに拡大していく緑の森と、その中心で吠えたける、土と緑と菌類に身体を覆わ

れた怪人の姿が小さく見える。

「ババヤガがその身体に秘めた魔力をやみくもに放出し、この地の大地の力を無尽蔵に引き出しておるのだ。巨大な木も、植物も、地震も、すべてそのせいよ。なんとかしてババヤガの怒りを鎮め、正気にもどさねばならぬが、はてさて、いかにしたものか」

『悠長なことを言ってる場合じゃないよ』

ヨナの肩に止まっているザザが怒ったように、

『このまま放っておいたら、ヤガの街はすっかり熱帯の森に覆いつくされちまうことになるよ。早いとこなんとかしないと、邪教だなんだ言ってる余裕もなくなっちまう。早いとこなんとか考えておくれな、じいさん』

『老師に無礼な口の利き方は許さんぞ、妖魔』

イグ＝ソッグがぶんぶん言って文句をつける。

『老師がなにも考えておられぬことなどあるはずもないわ。ひっこんでいよ、鴉め』

「考えておらぬというわけではないが、さて、いささか困ったことではあるな」

イェライシャは顎をなでて苦笑いしたが、その時、ふと表情を引きしめて足下をすかし見た。

「うぬ。いかんな。きゃつらが出てきおった」

「きゃつら、ですか？」

ヨナがかがみ込んで下を見た。崩壊した神殿のほうから、急速に、三つの光る点がババヤガの吠えたける神殿の頂点めがけて、まっしぐらに駆け上がってくる。

「魔道師どもだ。〈新しきミロク〉の走狗どもよ。これは、いささか、やっかいなことになりそうであるぞ」


「ご無事か、スカール殿！」

「ああ、なんとかな、ブラン」

半壊した廊下を迂回して越え、スカールとブランはやっと息をついた。まだ行く手には遠く通路が折り重なっており、激しい鳴動はまったくやむ気配を見せない。ブランが悪態をついた。

「あの苔まみれの腐れ魔道師、まだ大暴れしていると見える」

「あまり怒らせるような言葉は吐かんがいいぞ、ブラン。どんな具合でまた怒らせるかわからんのだ」

「ふん、聞こえるものか」

ブランは鼻を鳴らして、さらにいくつか不遜な言葉をつけ加えた。ついでに自分たちを置いていったイェライシャへの文句も多少追加し、

「これだから魔道師というものは好かん。俺はもう今後一生、魔道師や聖者などという

ものに近づかんことにするぞ」

「ヤモイ・シンやソラ・ウィンは無害なお方に見えるが」

「スカール殿は知らんからそのようなことが言えるのだ」

ブランはぶつくさ言った。

「俺があの二人にどれだけえらい目に遭わされたか。俺はもう二度とあんな人物には近づきたくない。聖者などというのは遠くからあがめているだけでたくさんだ。実際に近づいてみると、あれほど面倒なものはない」

「そんなものか」

スカールはまだけげんな顔をしていた。ブランはかまわず先へ進んだ。

天井といわず壁といわず、太い根や枝、幹、濃い茂みや菌類の森がみっしりと生えだしている大神殿内部は、ひっきりなしの震動も相まって進みにくいことおびただしかった。まっすぐ進もうにも、崩れ落ちてきた天井や行く手に横たわる大木、隙間なく生い茂った茨《いばら》、びっしりと空間を埋めた木々の枝などで、どうしても回り道をせざるを得なくなる。がれきを乗り越え、茂みを徒渡《かちわた》り、のたうつ根っこや絡みあう枝を押し渡って進んでいると、しだいに自分たちがどこへ向かって進んでいるのかわからなくなってきた。感覚の上では地上へ向かって上へ登っているはずだが、それらしい空気はどこにも感じられず、むしろ、震動する空気は濃さを増して重く、むっとする熱気が頬を撫でて、なにか地中に熾《おこ》っている熱の塊に向かって近づいているような、不穏な雰囲気さえ漂いはじめた。

「くそっ、いったいぜんたい、どこまであがってきてるんだ。ここはどこだ」

前方の枝を切り払いながらブランが毒づいた。人の姿はほとんどない。異変が起こったすぐにもう逃げてしまったのか、それとも伸び続ける樹木や大地の割れ目に呑み込まれてしまったのかわからないが、あとを追おうにも、追うべき人の姿が見つからないのではどうしようもない。

「内部については何か知らんのか、ブラン」

「あなたと同様に何も知っちゃいませんよ。俺は侵入してすぐに〈新しきミロク〉の黒い魔女につかまえられてそのまま地下へ連れていかれたんです」

ヤモイ・シンの天眼通《てんがんつう》によって神殿内の道筋を示されたこともあるが、複雑な見取り図を覚えているかといわれればまったく覚えてなどいない。それに、もし見取り図が手元にあったとしても、これだけ大混乱し、あちこちで通路が崩れて部屋が潰れている状況では、役に立つとは思えなかった。

壁を突き破ってのびている根のすぐそばをすり抜けた。行く手が完全に崩落して進めなくなっていたのである。壁の向こうはせまい階段で、下方にどこまでも下っており、上へ向かっては十数段ほどあがって、角を曲がってどこかの部屋につながっているようだった。是非もなく、スカールとブランはその階段を上がった。

入り口は唐突な感じで壁の途中に口を開いていた。上下は研《と》いだようになめらかで、どことなく生物的な曲線を感じさせる妙な輪郭を持っている。

「お」階段の上にあった部屋に一歩入って、ブランは声をあげた。

「おお、ひょっとして、こいつは」

部屋はほかの場所と同じようになかば崩れ落ちていたが、壁の土砂に半分呑み込まれた執務机の上に、狂ったようにきらめく手のひらほどの四角い板が浮いていた。

驚いているスカールを尻目に、ブランはつかつかとそれに近づいた。目が痛いほどに輝いているその板はまるで光で煮え立っているようだった。ブランは、低くブーンブーンと唸っているその板に手を伸ばして、慎重に指を触れた。

ぱしっと光が走ってスカールがあっと言い、ブランははじかれたように手を押さえて後ろに下がった。その目の前で、板は日に当たった氷のように解け、中から、銀色の細工物がちりんと音を立てて床に落ちた。

「ミロク十字ではないか。どうしてこんなところに」

「なぜここにあるのかはわからんが、これは、俺が老師にいただいたミロク十字のしるしだ。間違いない」

膝をついてブランはミロク十字を拾い上げた。手の中でミロク十字は力を取り戻したように光を放った。

「老師のおっしゃるところでは、なにか異界の者に特別な効力を持つ金属でできているそうだ。実際、大導師と呼ばれていた蛇人間の顔に押しつけた時には、やつの顔を焼きこがし、蛇の顔を露出させた。老師も取り戻してくれとおっしゃったほどの品だ。手元にあれば、心強い」

ブランはミロク十字をふところに入れた。

解けた水晶の板は光るかすかになって床の上で震えている。スカールは気にいらなげに半壊した部屋の中を見回していたが、ややあってはっとして、

「おい、地響きがする。また大きな揺れが来るぞ。ここにいては崩壊に巻き込まれてしまうかもしれん。そこに扉がある。さっさとそこから出て、もっと広い場所に移動しようではないか」

確かに、崩れた壁の右手がわに、大きな両開きの扉を備えた扉があった。ブランはうなずき、扉に近寄って両手で押した。開かない。

「鍵がかかっているのか」

「体当たりしてみようではないか」

スカールが後ろに下がり、十分勢いをつけてから勢いよく肩からつっこんだ。大きな音はしたが、扉はわずかにきしんだだけで、スカールは顔をしかめてぶつけた肩をこす

った。

「かなり頑丈な扉のようだ。突き破るのは難しそうだぞ」

「鍵をこじ開けられないかどうか、やってみよう」

ブランも協力して、二人でもう一度体当たりしてみたが、無駄に終わった。室内をくまなく探してみたが、鍵らしいものはどこにも見当たらない。剣の刃先をこじ入れて引っかき回してみたが、なんの意味もなかった。とうとうスカールが音を上げた。

「戻って迂回するにはまた時間がかかる。かといって、ぐずぐずしていてはますます危険になるばかりだ」

「扉を破れないか？　そこの机か、家具を叩きつけてみてはどうだ」

あたりを見回したスカールが、潰れた机のかげからがっちりした椅子を見つけ出し、頭上にかかげて、扉に叩きつけようと身構えたそのとき、どこかで、地響きとは違う、重いものが地面をこするずるりという音がした。

「いまの音はなんだ？」

「音？」椅子をかつぎあげたまま、スカールは首をかしげた。「なにか聞こえたか？　俺には何も聞こえなかったが」

だがスカールがそう言い終わったとたん、ずるり、という音がさらに大きく響き渡った。ずっと続いている震動をも圧する腹に響く音で、それは、この部屋の外に続いている階段の下のほうから、ずるりずるりと這いずりながら上がってくるように聞こえた。

「待て。そうだ。俺にも聞こえた。何かが這っているような音だ」

「重い音だぞ。いったい何だ。何かがいるのか」

ブランは壁の入り口に向き直り、剣を抜いた。スカールも椅子を脇へ投げだし、剣を引き抜いた。ずるりずるりという音はだんだん大きくなってくる。それに、息を切らすようなハアハアいう音、どさりという何かが転がる音、ざらついたものが壁をこするような耳障りなざらざらいう音も加わって、どんどん近づいてくる。

それはついに部屋のすぐそばに達した。きなくさい緊張が立ちこめ、埃と緑の臭いをついて、強烈な青臭い体臭が鼻をついた。

そいつはぬっと入り口から姿を見せた。

「おお!」

スカールが叫び声を上げた。ブランは凍るような戦慄が身内を駈けぬけるのを感じた。青緑に光る鱗に裂けた人皮の破片が引っかかっていた。細長い顔のなかばは焼け、白く煮えた目玉が恨めしげにこちらを見ている。

口はだらりと大きく開き、顎がはずれて、薄紫色の口内と針をぞろりと植えたような歯がすっかり見えた。全身を蠕動《ぜんどう》させながら、鱗に覆われたそいつは長く伸びた手足と首と胴体を引きずり、部屋に這い入ってきた。

3

「こやつ……カン・レイゼンモンロン！」

「なんだと？」

愕然としてスカールはブランを見返った。

「この怪物が何者か知っているのか、ブラン？」

「正確にどういうものかは知らん。だが、こいつが、カン・レイゼンモンロンと呼ばれる人間のふりをしている蛇人間であったことは知っている。見ろ！　こいつはこのミロク十字で顔を焼かれて、蛇の素顔をむきだしにされていた！」

ふところから取りだしたミロク十字をつきつけると、這いだしてきた怪獣はぎくりとしたように一瞬動きを止めたが、すぐに、獰猛なシューという声をたてうねくり這い進みはじめた。

「カン・レイゼンモンロン……」

あとずさりしながらスカールが繰り返した。

「おお、そうだ。催眠にかけられかけたとき、蛇のような姿が重なって見える男が大導師と呼ばれていたが……それがこれか！　なんともおぞましい正体だな！」

おそろしく長く引き延ばされた前肢はひょろながい指とかぎ爪を有しており、その肢をふりかざして、ブランに向かって叩き下ろした。

「ブラン！」

飛びかかるようにしてスカールがブランを引き倒した。もう少しでかぎ爪に真っ二つにされるところで、ブランはスカールに組み付かれ、脇へ転がって難を逃れた。

シューシューと高い声をたてながら、鱗の化け物は鎌首をもたげて身を揺すった。ゆっくりと頭を回し、ひとつだけになった目で、スカールとブランをねめつけ、長く伸びた身体をずるずると部屋に引きずり込んでくる。長大な胴体には、まだ人間のふりをしていた時の、紫と金の大祭服のなごりがひっかかっていた。

「カン・レイゼンモンロン！」

起き上がりながらブランは声を張って呼びかけた。

「カン・レイゼンモンロン！　貴様か？　ずいぶんとあさましい姿になったものだな、カン・レイゼンモンロン！」

返事はなかった。人の姿を失ったことで人なみの知能も理性も捨てたのか、もとカン・レイゼンモンロンであった怪物は怒ったように身を丸め、一気に頭を低くして体当たりしてきた。スカールとブランはもつれ合うように倒れ込んでかわした。怪物は猛烈な勢いで壁面につっこみ、崩れた壁をさらに破壊した。

スカールとブランが起き上がると、怪物はシューシューと舌を鳴らしながら流れるように身を立て直すところだった。二人が剣をかまえるより早く、第二撃が来た。丸太で殴りつけられたような衝撃とともに、スカールが吹き飛ばされた。大きくはね飛んで、まだ無事な壁面の一部に背中を叩きつけられる。

「スカール殿！」

「大丈夫だ」

うめき声を抑えてスカールは言った。「少し腰を打っただけだ」

怪物はするすると身体を巻き直してまた攻撃態勢をとろうとしている。スカールを助けてブランは立ちあがった。

「このせまい場所では不利だ。なんとかしてもっと広い場所へ出なければ」

「しかし、どうやって？　階段は入れぬし、扉も開かぬというのに」

そんな会話を交わす間にも、怪物はどっと襲いかかってきた。二度、三度と頭でつっこみ、身体を叩きつけてくる、ひょろ長い前肢で引き裂きにかかってくる、長い胴体をずるずると引きずって巻き込みにかかってくる。完全に胴体を引きずり込んだ怪物の体軀は部屋のほとんどを占拠し、スカールとブランの動ける余地はほんのわずかしかない。

室内は青臭い怪物の体臭で充満し、息をするのもつらいほどだ。

「やむをえん！　いちかばちかだ」

袖で鼻を覆っているスカールの声は聞き取りにくかった。

「こいつに扉を開けさせよう」

「なんと」

ブランは耳を疑った。

「そんなことができるのか、スカール殿」

「危険だろうがやるしかない。こちらへ来い、ブラン。あの扉の前に立って、怪物めをそこへ引き寄せるのだ」

天井につかえるほどに大きくそびえ立った怪物は、その背後にあの両開きの扉を隠してしまっている。スカールとブランは、少しずつ進んだ。途中、何度か爪で裂かれ、スカールは右腕を傷つけられ、ブランは体当たりで肩をひどく打った。

しかし、しばらく時間は食ったが、なんとか、扉の前にたどり着くことができた。怪物がずるずると体勢を変える。

「さあこい、ぶつかってこい、この化け物めが！」

後ろに大扉を擁して、スカールはどなった。ブランも察して、

「あいつに体当たりさせて、この扉を吹き飛ばすのだな」

「そうだ。うまくいくかどうかわからんが、やってみて悪いこともあるまい。どうせほかにとれるような策もないのだ。おい！　化け物！」

　おどすようにスカールは剣を振った。

「さっさと来ぬか、化け物！　さもなくばわれらが剣にかけて、その臭い鱗をずたずたに切りこまざいてくれるぞ！」

　怪物はうなり声を上げた。ずるりと身をほどき、向きを変えて、スカールとブランが身構えている方向に、長い頭をもたげた。

「来い！」

　スカールが叫んだ。怪物は長いきしるような叫び声を上げると、大きく身をそらし、前肢を前へ突き出して突進してきた。ブランは剣を前へ突き出したまま、両足をひらいてぐっと力をこめた。

　大音響がして、木がはねとんだ。飛んだ破片がからからと転がり、猛烈な埃とすさまじい青い臭気が、どっと空中に噴出して揺すられる大気に混じった。

「ヤロールよ、さあ、こちらへ来い」

　一方、揺れ動く地上では、その震動もないもののように悠然として、ヤモイ・シンがヤロールに手を差し伸べていた。

ヤロールは悲鳴をあげてあとずさった。よろめいて倒れ、腰を落としたまままずるずる後ろへと這いずる。それでも師僧たちは止まらない。へたりこんだまま震えているヤロールに手をさしのべ、たしなめるように首を振り、

「やれ、それほど離れていては落ちついて話もできぬ。もっとこちらへ来いと言うに。わしらはそなたの心得違いをただすために来たのだぞよ」

「あなたがたは死んだ。死んだはずなんだ。カン・レイゼンモンロンがそう言った」

ヤロールの声は同様と恐怖のあまり完全に裏返っていた。

「あなたがたは死んだ！　死んでいるんだ！　こんなところにいるはずがない！」

「はて、こんなところにいるはずがといわれてもの。まあ、確かにわしらとて、出てこようと思ってあの地下を出てきたわけではないことは認めるが」

ヤモイ・シンは首をひねって、しかし、と続けた。

「それとこれとは話が別だぞよ、ヤロールよ。そなたはみながおのれの心の内に見いだすべきミロクを、おのが外に求めてあがめるものと勘違いをし、あまつさえ、自身がミロクの代理人、代弁者であると任じておったそうな」

「何がいけない！　私はミロクに選ばれたものだ！」

震えながらも、ヤロールは叫んだ。


「いやだ！　近づくな！」

「ミロクそのお方が私をお選びになったのだ。私はミロクのお姿を見た。輝く光の中にお座りになっているミロクのお姿を。ミロクは私に話しかけ、ほほえまれ、私をご自身の代理人として選ぶと告げられたのだ！」

しだいにその声は興奮に高まってきた。

「そうだ、ミロクが、私を選ばれたのだ！　私はミロクの光り輝くお姿を目にし、そのお手に触れられ、民を導く使命をその微妙《みみょう》の御声によって与えられた！　私はミロクの代理人、地上においてミロクの降臨を導くもの、迷える民をミロクのもとへ導く預言のものなのだ！　私は聖なる任務をミロクより与えられた、私は、ミロクのご命令により、ミロクのお言葉を、この地上に働かすために生まれたのだ！」

「さて、それがそもそもの間違いよ、ヤロールよ」

ヤモイ・シンの言葉は幼子をさとすように優しかった。

「聞け。ミロクはおのが心のうちにのみ住まわれるもの。そのみ言葉はけして他人から与えられるものでなく、ミロクそのお方からさえ与えられることはなく、ただ自らのうちにあられるミロクと、心静かに対話することによってのみ正しき教えは与えられる。

その教えは、けして誰かになにかをさせようとしたり、任務を与えたり、地上を動かすなどというだいそれたことを告げるものではない。ミロクの世は正しき世、しかし、それは、人々ひとりひとりが内なるミロクと一体となり、その言葉をわが言葉として体得するときにのみ生まれ出るもの。けっして誰かひとりの人間に、ミロクが語りかけ、牧者として選び、その言葉を預けることなどありはしない」

「違う、違う！　私はミロクによって選ばれた、ミロクによって任じられた――」

「ミロクは誰かを何かに任じたりすることはない」

ソラ・ウィンがきっぱりと言った。

「誰も誰かを何かに任じたりすることはできぬ。ミロクの御心はわが心、ミロクの望まれるところはわが心の望むところ。正しきミロクの言葉とは、真に正しき心を持ったときにおのが内から自然と沸き起こるもの。おのれでないところのものから与えられた言葉は、それがたとえミロクそのお方から与えられたように見えても、きっとそれは、妄言であり、まことの真理ではありえぬ」

「私はミロクを見た――」

「見たことが何になろう？　われらの六根は清浄ならず、見るもの、聞くもの、嗅ぐもの、感じるもの、味わうもの、考えること、すべてうつろいやすくだまされやすい。見たと感じたことがはたして真実であろうか。聞いたと思ったことがはたして正真であろうか。ミロクを見たことが正しかったとしよう。だが、そのミロクは、そなたの内にすでにあったものか？　そうではあるまい。外から与えられたものに、真のミロクは宿らぬ。ミロクはただ、自らと対話し、心静かにおのれを見つめるときにのみ、そのお姿を現される。ましてや、多くの人間の前に、降臨と称して姿を現すなどとは、それは悲しき迷妄であり、虚妄であるといわねばならぬ」

「違う、違う、私は――私は……」

もがくようにしてヤロールは立ち上がり、二人の老僧にむかってやみくもにむしゃぶりついていった。折れ曲がって伸ばされた手は、しかし、二人の師僧に触れることはなかった。ヤモイ・シンがおだやかに片手をあげ、かるく留めるようにすると、まるで見えない手に押されたように勢いを失い、また後ろに転がった。

「哀れなわが弟子よ」

優しい声でヤモイ・シンが言った。

「過《あやま》つことは人には避けられぬこと。わしらはみな不完全で迷いやすく、ミロクのお声を見失い、暗夜にさまよう幼児のごとく道に踏み迷う。されど恥じることはない。常に正しきはミロクおひとりであり、自らのミロクを見いださぬうちは過ちはわれらに運命づけられたことなのだ。ミロクのみ教えのみが暗黒の中われらを導き、迷いの闇からわれらを救い出す。われらはみな、ミロクにのみ従うものだ。ミロクの姿、ミロクの声、そういったものはミロクと同じではない。ミロクとはかたちなき真理、迷いのうちにさす光、生の道行きに寄り添う暖かなぬくもりだ。ミロクは何も求めず、命じず、ただそこに在ってわれらを導く。ミロクの世とは、ひとりびとりが真におのれを知り、おのれ自身として生きることのできる世にほかならぬ。それは戦とはもっとも遠い世、だれもが自由に心のままに、人々と調和しつつ生きる世界だ。剣をとり聖戦を叫ぶことを、なんでミロクが望まれようか。それはよそから吹き込まれた欲望であり、おのれの正義を他人に強制し、他人を見下したいという間違った望みを焚きつけられたものだ。ミロクは怒らぬ、戦わぬ、争わぬ。人と自らとのあいだに調和を見いだしそれを光となす、それこそが、ミロクの言葉であり、教えであるのだ」

「そんなものは妄言だ。おのれ、じじいめ、亡霊め、私はだまされんぞ」

食らいつくようにヤロールは叫んだ。きれいに剃った額に玉の汗が浮かんで、次々と顎へ流れおちている。

「〈新しきミロク〉こそが正しきミロクの教えだ。古く弱い教えを打ち破り、しいたげられてきた民を立ちあがらせて正しき位置につけることの、何が間違っているものか。ミロクの信徒は長い間、野蛮な者たちによってさんざんに踏みにじられてきた。われらはそんな野蛮な民に、真の福音を届けるために立とうというのだ。光の王たるミロクが直接に統治され、御教えが地の果てまでも満ちわたる地上天国の創出を、あやまちと呼ぶとはなんということだ」

「そのような天国とは夢でしかない」

ソラ・ウィンが厳粛に言った。

「この地上には争いが満ちている。そなたらがもしミロクの旗を掲げて戦ったとしても、同じように別の旗を掲げて戦う、ほかの何百もの民がいるだろう。どれほど戦い、もし打ち破ったとしても、争いの火は消えることなくくすぶり続け、いつまでも燃え上がり続ける。戦いとは一度とりつかれたら完全には治癒することのない人の宿痾なのだ。そこから回復するには、ミロクの旗を掲げるのではなく、自らの心なるミロクにいまいちど戻り、平和と調和の智恵に思いをいたすしかないのだ」

「違う――違う！　違う！　私は――」

ヤロールは頭をかかえてよろよろと後ずさり、ふいに身をひるがえして神殿のほうへ駆け寄った。

「ミロク！　ミロクよ！」

高い声が大神殿の屋根に反響した。

「どうぞ、いま一度お姿をお現しください！　あなたのしもべの声にお応えください！　古き因習に囚われたものの言葉を打ち破り、今こそ、真のお姿をお見せください！　ミロク――ミロクよ！　ミロクよ！」

「あぶない。彼を止めねば」

気の毒そうに脇に立っていきさつを聞いていたアニルッダがはっとしたように言った。

ヤロールは震動する地面の上を狂ったように駆け出し、軒がななめに傾いた神殿の正面に夢中になってつっこんでいった。そこはまだ伸び上がる樹木や根におかされておらず、奥へ続く扉は人が逃げ出してきたまま開いていて、奥の、彩色した巨大なミロクの座像が、生白い顔をのぞかせていた。

「およしなさい、もどりなさい、ヤロール殿！　屋根が崩れてくる！」

「ミロクよ！」

ヤロールは聞いていなかった。木っ端や壁の破片が散らばった階《きざはし》を這うようにして上り、扉を大きく開け放つ。彩色ミロク像が、その荘厳《しょうごん》された姿をあらわした。藍色の髪に青い衣、広くて白い胸、前に出して印を結んだ手が傾いた堂の中で隠微な微笑を浮かべていた。その前に立って、ヤロールは大きく両手を広げた。

「ミロクよ……！」

次の瞬間、ものすごい大音響がした。ヤロールは後ろへ吹っ飛び、階を転げ落ちて鳴動する広場に投げだされた。空中に土埃と木と漆喰の破片がどっとあがり、周囲にいた人々は悲鳴をあげて頭をかばった。

「ば、化け物！」

甲走った声があがった。その声はすぐにいくつもの声になってあちこちで続いた。

彩色ミロク像のどてっ腹に大穴があき、そこから、金属光沢のある緑色の鱗におおわれた、巨大ななにものかが姿を現していた。長大な胴体は人間の胴体の三倍ほどもあり、ひょろ長い指と鋭い鉤爪を備えた前肢を持っていて、長い鎌首をもたげ、頭部は細長く、どことなく人間の面影をのこしていた。一方の目は焼け焦げて白く濁っているが、もう一方の目は、金色と紫色にぎらぎらと燃えて、異界の狂気と憤怒にぬりつぶされていた。

「逃げろ！」

どっと動いた人々の上に、怪物の長い頭が持ち上がった。針のような歯をそろえた大口を開け、腰を抜かして動くこともできずにいるヤロールの頭上に、てらてら光る鱗だらけの頭を伸ばす。

もう少しでその口がヤロールの頭を食いちぎるというところで、横から何者かが猛烈な勢いで体当たりした。同時に、滑りこんできた別の者がヤロールを横から引っぱり出す。怪物は大きくぐらりと揺れ、シューシューと湧き上がる蒸気のような声をあげて体をゆすった。

「危ないぞ、下がれ！」体当たりした剣士が言った。

「こやつの相手はわれわれがする」もう一人が剣をかまえて油断なく立ちあがりながら言った。

「おお、これは、猪武者どのではないか」

感心したようにヤモイ・シンが言った。いかにも場違いにのんびりと、

「いったいどこからわいて出たのだ。いまヤロールには、ソラ・ウィンともども説諭を

加えていたところよ。その者をこちらに連れてきてはくれぬかな」

「いつも思うが、まったく、聖者というのは目が見えておらんのか」

ブランは唸り、剣を横に払った。彼に食らいつこうとした怪物の頭がなぎ払われ、ぎゃっという声とともに紫色の血が霧のようにしぶいた。

「みな、下がれ！」

ブランのわきに立ってスカールも身構えた。

「こ奴はカン・レイゼンモンロンと呼ばれていた人間のなれの果てだ。あれは人間ではなかった。〈新しきミロク〉の名のもとにヤガを邪教の都に変えようとしていた、異界の生物であったのだ」

二人とも全身、埃まみれ、土まみれで、腕や肩にいくつも血のにじむ傷を負っている。ブランの右額は青黒く腫れ、スカールの左目の周りは黒く輪ができていた。かまえた剣はぬらぬらした紫色の漿液に濡れている。

「われらは地下でこいつに出くわした。戦いながらここまで上がってきたのだ。武器を持たぬものは危険だ、すぐにここから去れ。こやつはもはや、どのような理性も人格ももってはおらんぞ」

「そ、そのようなことがあるものか」

脇へおしのけられたヤロールがそれでも、あがくように手足を動かしかけた。

「ミロク、ミロクのお声が私にあれば、そのようなことは！　カン・レイゼンモンロンは私に言った、ミロクの言葉を、ミロクの声を……」

「それはただの偽りだ。なぜわからぬ」

スカールはヤロールを怒鳴りつけた。

「そこの僧お二人に説諭されたのではないのか。おまえは騙されていたのだ。こやつはミロクの徒でもなければ人でもない、ただの異界の魔王の手下で、おまえを使ってこのヤガを地獄の集団に変えようとしていただけだ。なぜわからぬ」

「ちがう！　こんなものはカン・レイゼンモンロンではない、こんな怪物がそうであるものか！」ヤロールは身もだえするようにかぶりを振った。

「カン・レイゼンモンロン、どこにいるのだ、カン・レイゼンモンロン！　この邪教徒どもに思い知らせてやってくれ！　カン・レイゼンモンロン！」

叫びつづけるヤロールの眼前をびゅっと怪物の腕がないだ。悲鳴をあげてヤロールは飛びすさった。「カン・レイゼンモンロン！」頭をかかえてヤロールは泣き声をあげた。

「カン・レイゼンモンロン！」

「危ない、さがれ！」

吹き飛ばされかけたヤロールをスカールがあやうく腕をつかんで引き戻す。

ごろりと転がって後ろに下がったヤロールは、その時、うごめく怪物の胴体の真ん中に目をとめて、音がするほどはげしく息をのんだ。そこには、カン・レイゼンモンロンが人の姿を保っていたときにしめていた大導師の帯が、裂けてずたずたになりながら、ほとんどぼろぎれのようになってひっかかっていた。

「そんな……」

ヤロールは両肩ではげしく息をしながら呟いた。両目はかっとむき出され、猛烈に血走っていた。「そんな……馬鹿な……」

「さがれ、ヤロール！　おぬしはその異界の怪物にだまされているのだ！」

「わ、私は、わたしは――カン・レイゼンモンロン！　レイゼンモンロン！」

後ろから抱きとめていたアニルッダの手をあっという間にふりもぎって、ヤロールは怪物のもとへ駆け出した。

「私にミロクの言葉をくれ、カン・レイゼンモンロン！　私はミロクの代理人だ、超越大師ヤロールだ、私は、私は、私――」

声は途中で絶叫に変わった。大きく身を揺すった怪物が、すばやい一動作でヤロールの腕をくわえ、人形を振りまわすようにして空中に持ち上げたのだ。熱い血がざあっとあたりに降り、押し合いへし合いする人々がそろって悲鳴をあげた。ブランは叫び声を上げて怪物に突っかかっていき、二度、三度と切りつけた。スカールもそろって切りつけ、五、六度も切りつけてのち、怪物の黄色みを帯びた腹部にぱっくりと創傷があいた。

怪物は身を折ってきしるような叫び声を上げ、ヤロールを放り出して、後退した。

「ヤロールは無事か」

「生きてはいるようだが……」

ヤロールの左腕は肩のところからすっぱりと食いちぎられ、おびただしい血が流れ出していた。かっとむきだされた目は宙を睨んでいるが、何も見えていない様子で、くいしばった口から、かぼそく、「ミロク、ミロク……」という呟きをもらしている。

「ヤロールをそちらへ連れていけ。血を止めろ。死ぬぞ」

「また来るぞ！」

スカールが叫んだ。いったん後退していた怪物が、また前に出てきていた。破壊されたミロク像の後ろにあった残りの胴体をずるずると引きずり出してきて、とびかかる体勢をとろうとしている。

ブランはぐっと息を吸うと、身を低くして剣を前にかまえ、突っ込んだ。スカールは草原式のときの声を上げると、そのあとに続いた。怪物はずるりと動き、長大な胴体をすばやく動かすと、左右から斬りかかってきたブランとスカールの剣を一方の前肢で受け止めた。鉤爪と二剣がぶつかってはげしい音を立てた。

スカールはぱっと離れて距離をとり、ふたたび打ち込んだ。今度は前肢の付け根を狙った。関節のところに重い一撃を食らった怪物は吠え声をたて、上体をはね上がらせた。

大きく剣をそらされたブランはひと跳ねして体勢を立て直し、ひゅっと喉を鳴らして思いきりの一撃を胴体にできた傷に打ち込んだ。刃が深く潜り、紫の血がたらりと流れて鱗の肌をつたった。怪物が身もだえして叫んだ。

その間にスカールは怪物の後ろへ回り、地面から立ちあがる胴体の真ん中へ向けて剣を突き刺した。この蛇のような姿のどこに急所があるのかまったくわからないが、それでも、生きているものであるかぎり殺せない相手ではないはずだ。

殴りつけるように背中から剣をつきたてられた怪物は吠え、身をよじって相手の姿を見ようとした。その間に、ブランが剣を引き抜き、また深々と突き刺した。怪物はのけぞってわめいた。大きく開いた口はほとんど首に達するまで大きく裂け、とげのような歯の間から腐ったようなにおいの紫色の毒気がたちのぼった。

長い尾が重い音を立てて埃の中でのたうつ。剣を引き抜き、もう一度突き立てようとしたブランは、その時起こったひときわ激しい揺れに足を取られてよろめいた。

「ブラン！」

足首をくわえられたブランが空中高くさらわれるのを見て、スカールの顔が白くなった。さかさまに吊されたまま必死にもがき、剣を振りまわしているが、しっかり足をくわえられているので身動きがとれない。ごつい長靴のおかげで足首を食いちぎられることは免れたらしいが、このままでは、歯が靴をつらぬいてしまうのも時間の問題だろう。

「ブラン！　くそっ！」

続けざまにスカールは剣をふるった。腹部の傷に何度も切りつけ、さらに多くの傷を刻んで、何度も刃を突き立てる。怪物はうなり声を上げたが、それでもブランを離そうとしなかった。頭を振りたて、同時にブランをも振りまわしながら、もがくように前肢を振りあげてスカールを引っかけようとする。かみそりのような爪に肩を引っかけられ、スカールは大声で呪いの言葉をわめいた。

もう一度剣を振り上げたその時、後ろから飛んできた何かが、コツンと音を立てて怪物にあたった。ひとつふたつと飛んできたそれは、やがて数を増してぱらぱらと怪物にぶつかり、灼けた白い目や傷口を直撃してひるませた。

「ヤガの人々よ！」

汗まみれの顔でスカールはふりかえった。逃げかけて、遠巻きに見守っていた人々が、手に手に石や、がれきの破片を持って、怪物に投げつけていた。その顔にはまだ色濃い恐怖と疑念が貼りついていたが、同時に、どこか決然とした色もあった。〈新しきミロク〉にのまれた人間特有のどんよりとした無感覚な顔は見受けられない。

「ヤガの人々よ、感謝する！　だが、近づいてはいけない、危険だ、早く逃げてくれ！」

しだいに勢いを増す石の雨を背にしながらスカールは叫んだ。石が頭の上を越えてひゅうひゅうと飛んでいく。石を投げつけられた怪物はいらだたしげに身を揺すり、今にも群衆のほうに飛びかかろうとするかのように頭を下げたが、そこにスカールの渾身の一撃を食らった。ふらついた怪物は口を開いてブランを離した。どっと地面に落ちたブランに、スカールは急いで駆け寄った。

「大丈夫か、ブラン」

「なんともない。くそっ、あの鱗まみれの化け物めが」

スカールに支えられて立ちあがりながら、ブランは頭を振った。多少足がふらついているが、怪我はしていないようだ。

「スカール殿、どうやら、いくら胴体や首を攻めてもこいつには効き目がないようだ。しかし、どんなに固い鱗を持つ生き物でも、鱗のない場所はある」

「うむ。目と、それから――」

ブランとスカールは目を合わせてうなずきあい、ならんでふたたび身構えた。

「さあ、来るがいい、化け物！」ブランが言う。

「われらを食えるものなら、食ってみるがいい！」スカールが言う。

二人の挑発を理解したのか、怪物は大きく息を吸うと、間欠泉のような鋭く大きいシューッという息を吹き上げた。並んで立った二人めがけて、前肢を広げ、大きく口を開けて、上から真っ逆さまに呑み込もうとするかのように落ちかかる。

　スカールとブランは呼吸をそろえて、双方の剣をおがみ打ちに前に突き出した。勢いに乗った剣は、上から被さってきた怪物の口中に突き入り、喉の奥と、上顎を貫いた。紫色の血がほとばしり、針のような歯の間からだらだらとしたたった。怪物ははね上がってのけぞり、尻尾と四肢をばたつかせて、その場で猛烈にもがきはじめた。はげしく動く尻尾と胴体に跳ね飛ばされて、スカールもブランも別々の方向に投げ飛ばされた。

「スカール殿！　ご無事か？」

「ああ、ブラン、なんともない」

　それぞれに背中を打ちつけ、胸から地面に叩きつけられはしたが、傷は負っていなかった。二人は身を起こしかけたままのたうちまわる怪物を見つめた。大きく開いた口には二本の剣が突き刺さったままで、後頭部には切っ先が突き抜けていた。紫の血しぶきをまき散らしながら怪物は猛然と暴れ回り、脳髄をやられているにもかかわらずいっかな死ぬ気配を見せなかったが、しばらくして、ようやくその勢いも衰えはじめた。血のあぶくを吹きながらふらふらと頭を揺らし、気の抜けたような呼吸の音で喉を鳴らしながら、ずるりととぐろの内側へ崩れた。そしてついに、ぴくりともしなくなった。

「やったか？」

　ブランは慎重に近づいて、死んでいる怪物の口元に手を伸ばした。剣の柄が紫の血にまみれて突き出している。つかんで引くと、ずるりと抜けた。傷口から臭気が立ちのぼり、ブランの顔をしかめさせた。スカールも寄ってきて、剣を抜いた。怪物の頭は力なくごろりと横に動いて血だまりの中に浮かんだ。

「死んだようだ」

「うむ――」

かっとむかれたまま焦点をなくしている怪物の目をしばらく見つめてから、ブランは、「ヤガの人々よ！」と叫んだ。

「目を覚ませ！　こいつはカン・レイゼンモンロンと名乗ってみなを騙していた異界の怪物だ。こいつが〈新しきミロク〉などという邪教を使ってヤガとヤガの人々を悪魔の手先に変えようとしていたのだ。怯える必要はない。怖がることもない。ただ、もう一度よく見て、よく考えてみてくれ。いまのヤガが、みなのよく知っているミロクの教えと合っているのかどうか。はたして本当のミロクの教えが、〈新しきミロク〉にあるのかどうか」

人々は声もないようだった。ひっきりなしに鳴動の続く地上で、紫の血に浸って死んでいる怪物とその怪物の血に濡れた剣を提げたふたりの剣士を、はかるように注視していた。スカールとブランは息を詰めて人々の反応を見守った。

と、人々の中からふらふらと出てくるものがあった。見たところ、身なりのよい商人や職人頭のように見える彼らは、よろよろと前へ出てきて口を開けたままぼうっと立ち尽くすと、よろめきながら、スカールとブランに両手を広げてつかみかかろうとした。

まったくすばやさのない、夢遊病のような動きだったので、二人はあっさりそれを退けた。取り押さえられた彼らは、うつろな表情のままぱくぱくと口を開け閉めし、わけのわからぬ言葉を唱えた。わずかに、ミロク、という言葉は聞き取れたが、理性のある人間の言葉とは思えなかった。

「スカール殿、これは」

「うむ。おそらく、〈新しきミロク〉の走狗とされていた人間たちだろう。術が解けたか、なにかして、満足に行動することができなくなったのだ」

人垣の中でもところどころで声が上がった。とつぜん人が倒れて動かなくなったり、顔を引きつらせてひっくりかえったりしはじめたようだ。カン・レイゼンモンロンだったものが死んで、術に亀裂が生じたのか、主同様に偽装を維持することができず、異状を生じているのだろう。

「ヤガにいる〈新しきミロク〉の被催眠者みなにこのようなことが起こっているのだろうか」

「わからんが、そう祈ろう。〈新しきミロク〉に洗脳されていた人間すべてをいちいち目を覚まさせる手間はとってはおられん」

「ミロク様！」

耐えかねたように誰かが叫んだ。

「いったいどうなっているのでございますか？　大導師様、超越大師様は、どうなってしまったのでございます？　ミロクの御降臨は？　ミロク大祭は、いったいなにがどうなってしまったのです？　この鳴動は、このヤガは、いったいどうなってしまうのでございますか？」

「どうかみなさん、落ちついてください」

ヤロールの上にかがみ込んでいたアニルッダが頭を上げた。彼の閉ざされた目は群衆の上に据えられて、見えないながらに穏やかな視線を送っているかのようだった。

「どうぞミロクに祈りを。私どもにできることはただ、ミロクに祈り、正しき道に導かれるようすがることのみです。ミロクに祈りを、みなさん、ミロクに祈りを」

「心を鎮め、周囲を見るのだ」

ヤモイ・シンが言い、ぐいとヤロールの腕を縛りあげた。血はまだ多少出ていたが、止血が効いて大量の出血はとまっている。ヤロールは青白い顔で脂汗にぬれ、息も絶え絶えだったが、まだ生きていた。

「ミロクの境地を求めよ、人々よ。ミロクはどこにでもおられ、どこにもおられぬ。ミロク降臨などはただの夢よ。自らのうちのミロクと相対せよ。すべてはそこから始まり、そこに終わるのだ」

「祈りましょう、ミロクに」

まっすぐ立ったアニルッダが、合掌して経文をとなえはじめた。少し遅れて、群衆からも祈りの声が湧き上がった。はじめ弱かった声は、一瞬ごとにしだいに高く、力強くなっていった。揺れ動く地上に跪《ひざまず》いて、人々は合掌し、アニルッダと二人の老僧に先導されて、声高に読経の声をあげた。

4

そしてまた、ヤガ上空――。

「そこにいるね、魔道師！」

真っ先に飛んできた光球が甲走った叫びを上げた。光が薄れ、中から、漆黒の髪を四方にたなびかせた黒い肌の魔女が浮かび上がる。

「よくもこれまでさんざんあたしたちの邪魔をしておくれだね。もう許さないよ、出ておいで！　そこに肥やしの山といっしょに、灰も残さず焼き尽くしてやる！」

「焼き尽くしてやるはわれの台詞よ」

べつの光球が上がってきて、中からキタイの貴人風の服装をした長身の人影を吐き出した。空洞の双眸に、額の真ん中の石製の目玉がきょろきょろと動いている。

「カン・レイゼンモンロン様にお怒りをこうむったのはみな貴様のせいか。姿を見せよ、邪教の魔道師め、われら、〈新しきミロク〉の魔道師の力、今度こそ見せつけてやるわ」

「偉そうな口を叩くでないわ！」

さらに三つめの光球がとんできて、なかから醜貌短軀《しゅうぼうたんく》の蟾蜍《ヒキガエル》めいた小男を吐き出した。

「この魔道師めは俺の獲物よ。よくもよくも今まで、われわれをこけにしてくれたものよな。今度こそはこの俺がきさまの首を取り、カン・レイゼンモンロン様にお見せして、わが力をお認めいただくのだ」

「勝手な口をおききでないよ、イラーグ」

黒い魔女ジャミーラは漆黒の炎のように周囲に髪を舞わせながら両手を挙げた。

「石の目野郎のベイラーも、そこの糞の山も、どこぞのへぼ魔道師めも、打ち倒すのはあたしさ。いらぬお世話を焼くんじゃない！」

黒い両手が振り下ろされると、かっと周囲が灼熱し、周囲に広がった髪の毛が太陽のように燃え上がって、豪炎の渦がババヤガを襲った。

炎はババヤガを包み込み、その身体に密生した蔦や蔓植物、茸などを一瞬にして焼き焦がした。だがババヤガ本体には弱った様子はなく、かえって怒りがかきたてられた様子で、体をゆすって吠え声を上げた。燃え落ちた植物が、以前に倍する勢いを持ってざわざわと伸びていく。

ベイラーとイラーグも黙ってはおらず、それぞれに声高に呪文を唱えた。ベイラーの足下から暴風が巻き起こり、無数の剃刀《かみそり》となってババヤガの周囲で渦を巻いた。たちまち大量の植物が寸断され、茸が胞子を吹き上げて宙に舞った。ババヤガの木の根のような腕がすっぱりと切れて落ちた。

ババヤガは大声で吠えた。そこに、イラーグが短い両腕をふりかざした。たちまち空中から、おびただしい数の黒い羽虫のような生き物がわいて出て、真っ黒になってババヤガを覆った。大きさは手のひらほどだが、どれもとげがあり、鱗があり、凶悪な針や爪やとがった口吻をもっていて、真っ黒な羽根の立てる音は耳を聾《ろう》するほどだった。

ババヤガはまた吠えた。そして杖を振り上げ、横になぎ払った。炎と風はまったく消えず、それに従ってごうっと横になびいた。羽虫めいた魔物の群れはババヤガの身体といわず頭といわずとまり、針を突き刺し、口吻で突き、爪でひっかき、羽根で打ちたたく。酸っぱい毒液の臭いが宙に立ちこめる。ババヤガのわめき声が聞こえた。

その時まっ白な光があたりを満たした。炎も風も吹き払われ、黒い虫の魔物も塵になって消えた。光の球から、白い髭の鳥を思わせる痩せた老人が、溶け出るように現れた。

「やれやれ、そんなことでは、ババヤガを止めるどころか、よけいに怒らせる結果にしかならぬぞ」

「魔道師！　じいさん、誰だい、あんたは」

空中でジャミーラが指をさしつけた。

「あんたがあたしたちをずっと邪魔していたんだね。あの剣士に力を貸したり、イグ＝

ソッグのやつの姿を変えたりしたのも、どうせあんただろう」

「ふむ、それは確かにわれのしたことよ。そして、そなたらに、ここでババヤガをあまりあおり立てられてはこまるでの」

「名を名乗れ！」

イラーグがきいきい声でわめきたてた。続いてベイラーも、「名を名乗れ、きさま、何者だ！」

「さて、名乗るほどのものでもないが、――他人はわれを、〈ドールに追われる男〉と呼んでおる」

「〈ドールに追われる男〉……」繰り返して、ベイラーは、ぎょっとしたように石でできた目をぎょろっと動かした。

「〈ドールに追われる男〉……まさか、その名で呼ばれる者といえば！」

「われはイェライシャ。〈ドールに追われる男〉にして、〈白の魔道師〉」

白髪と髭をなびかせながらイェライシャは名乗り、ゆっくりと両腕を広げた。

「そして今、この時点においては、〈新しきミロク〉に抗し、竜王ヤンダル・ゾッグの野望を阻止せんとする者よ。そなたら三名」

手にした杖をまわしてぐるりと三人の魔道師を指し、

「一度は竜王の詭計によって命を奪われながら、その力によってふたたび命を与えられ、いつわりの望みを目の前にさしだされて酔いしれし哀れなる魂よ。……われはもとより裁くべき身にはあらねど、そなたらの置かれた境遇にはいくばくかの同情を覚える。いま、われがその虚偽の生命を解き放ち、呪縛された魂を、天地のことわりの中にもどしてくれようぞ」

「虚偽の生命とは何をいう！」まだ動揺を隠せないようすのベイラーが、それでも声を励まして叫んだ。

「そうとも、老いぼれが」イラーグも多少気をひしがれたようだったが、それでも潰れたような顔をゆがめて憤然と、

「われらの〈新しきミロク〉への忠誠は真実、〈新しきミロク〉も真実よ！　われらと正しきみ教えの間にいつわりの入る余地などありはせん。われらの生命は〈新しきミロク〉によって生まれ変わったのだ！　きさまの老いぼれた命こそ、いま、この場で、こなごなに消し飛ばしてくれるわ！」

「偉そうな口を叩くんじゃないよ、じじいめ」

ジャミーラひとりはイェライシャの名乗りにも感じたところはなかったのか、頭を振りたて、桃色の唇をゆがめてつばを吐いた。

「虚偽とはよくもお言いだね。あたしたちの力が虚偽かどうか、いま、その身ですぐにためすがいいさ！」

渦巻く髪の中から、獣の頭と白い蛇の胴体を持った魔物がおびただしく飛び出し、まっしぐらにイェライイシャに向かった。しかしイェライイシャがかるく手を一振りすると、魔物は霧のように消え失せ、あとにはわずかに銀色の塵が残った。ジャミーラは怒って地団駄を踏むと、大きく身をそらせて腕をあげ、光る槍を空中から取りだして投げつけた。イェライイシャはそれもはじいた。槍は小さな火花になって溶け落ちた。

「魔女め、わからぬか」

イラーグが舌打ちした。

「こ奴は〈ドールに追われる男〉、大魔道師と呼ばれるイェライイシャよ！　こいつが後ろについておったとは、われらの力がなかなか通らなんだのも道理。こ奴ははるか昔にドールの司祭を務め、今はその闇の魔道に背を向けてくだらぬ真理などを追っておるやつだ。きさまごとき魔女の小手先の技が、通じるような相手であるものか」

「言ったね！」

頭をそらしてジャミーラは怒鳴ると、吠えるような声でなにか唱え、両手を組み合わせた。どん、と空気が震え、頭上に黒い雷雲が渦巻きはじめた。白い雷光がひらめき、雷雲が生き物のようにうごめく中に、血の色をしたまっかな眸が一つかっと開いた。

ジャミーラの叫び声とともに、まっかな眸から幾筋もの電光がほとばしった。イェライイシャのみならず、その光はイラーグとベイラー、そしてババヤガにも降り注いだ。イェライラーグとベイラーはそれぞれ障壁を展開して避け、イェライシャはやはり火花と化して散らしたが、ババヤガにはまともにあたった。またババヤガは吠えた。ぶすぶすといぶる植物の焦げる臭いが濃厚に漂う。ババヤガが身を揺すると、焦げた茸から灰色の胞子の雲が立ちのぼって、煙を覆い隠さんばかりになった。

「よせ、われらまで焼くつもりか、ジャミーラ！」

ベイラーがうなり声を上げ、鳥のような高い声をひとつ放った。手のひらから放たれた青い光が頭上の雷雲に突き刺さり、血の色の目を直撃した。血も凍るような悲鳴がとどろき、血の色の目はまぶたを閉じて雷雲の奥へしりぞいた。だが不吉に渦を巻く雷雲はそのままで、ジャミーラは髪を振り乱し、ゆたかな胸をあえがせながら、ベイラーとイラーグをはったと睨みつけた。

「魔女の小手先の技とお言いだね。その小手先の技で、どれくらいのことができるか見るがいい」

「われらまで巻き込んでどうする！　われらの敵はババヤガとイェライシャだ」

「知るもんか。あたしはただ〈新しきミロク〉に逆らう奴らを皆殺しにするだけさ、そら！」

ジャミーラがまた手を挙げると、雷雲からいくつもの球電が降り注ぎ、ババヤガもイェライシャも区別なく転がり回って、ばちばちと白い火花を散らした。イェライシャが手を振ると球電は毛玉のようにふわりと転がって身を避けたが、イラーグ、ベイラー、ババヤガにはそのまま降り注いだ。

「ええい！」とイラーグはうなると、両腕を組み合わせてふっと息を吐いた。先ほど現れた羽虫のような魔物がまた現れた。だが今度はもっと大きい。人間の倍ほどの大きさのある巨大な蛾のような魔物が、球電をかいくぐってジャミーラに体当たりした。

球電が消滅し、蛾の魔物はそのままイェライシャに迫る。イェライシャは手をかまえると、指で払うようにさっと手を振った。蛾の魔物はあとずさった。もう一度近づこうとするが、風にあおられたように身動きがとれない。そのうちに、次第に小さくなり、ついにはただの普通の蛾と変わらない大きさになって、やがてひらひらと地上に向けて落ちていった。

ベイラーが両手を胸の前にかまえてなにごとか唱えた。あたりの空間がひび割れ、なにか黒い、形もさだかならぬ生物がわななきながら這いずり出てきた。不定形の、生命を得た泥のようなそいつらは空中を漂いながらイェライシャに飛びかかって包み込もうとした。

イェライシャはしばらくされるままになり、やがて、すっかり包み込まれてしまったが、ぶあつい黒い膜に包まれたようになったところで、鋭い気合いを一度かけた。すると、彼を包み込んでいた不定形のものたちは一枚ずつはがれて逆に空中をわたり、自分を呼び出したベイラーのほうへむかって漂っていって、手足にまといついた。ベイラーはあわてて呪文を唱え、彼らを消した。

「あきらめるがよい」

イェライシャは慈愛さえ感じられる声で告げた。

「わが力を誇るではないが、そなたらごときの魔力ではとうていわが技には太刀打ちできぬよ。われはババヤガの暴走を止め、かれが地上になしている地震と大地の暴走をやめさせねばならぬ。われの邪魔をするでない、いつわりの者どもよ。とく迷いの夢よりさめ、われを通せ。このままババヤガの魔力を暴走させておいては、この地一帯にゆゆしき時空の不均衡を招きかねん」

「戯れ言を！」

ジャミーラが手を挙げた。ベイラーがふたたび両手をかまえ、イラーグが、ぐっと両手を握りしめて召喚の構えをした。

イェライシャは小さくため息をついたようだった。

そして高く杖をかかげ、ただ一言、なにか失われた言語で告げた。

三筋の光が走り、それぞれジャミーラ、ベイラー、イラーグの三名を貫いた。三者はあっと声をあげ、空中でよろめいた。頭を押さえ、身体を折り曲げて、なにか衝撃に耐えるかのように身を丸める。

「おお――」

　ベイラーが空洞の目をあげてあえいだ。

「おお、ああ、これは――」

「せめて夢に描いた幸福を見つめて去るがよい」

　イェライシャの声は悲しげだった。

「〈新しきミロク〉が与えた光の幻影を抱いて、闇へと去れ、魂よ」

「ああ、われ、われは、われは――」

　ベイラーの唇に呆けたような笑みが浮かびはじめていた。両腕を伸ばし、尊大な態度で頭をそらして、左右を見回す。

「そうだ、われは、われこそは、三眼のルールバ。――すべての叡智と魔道とのぬしにして地上の王――われをあがめよ、みなの者、われをあがめよ、あがめよ、われを、われ――を――……」

　そう呟くうちにベイラーの姿は少しずつ薄くなり、影のようになり、透きとおって、夜の闇のむこうに解け去っていった。そしてイラーグとジャミーラの両名もまた、

「おお――」

「ああ――」

　どこか恍惚としたような表情で両手を伸ばしていた。イラーグの醜貌には欲望にぎら

ついた微笑が浮かび、「こっちへこい――」とねばついた声でささやいた。

「そうだ、そうだ、おまえだ、そこのおまえ――俺は美しい、美しい、誰よりも美しいこの俺が、おまえに情けをくれてやろう――こちらへ来い――……」

「ああ、あたしの――あたしの、赤ちゃん」

ジャミーラは両腕を前に回し、何者かを抱いているような格好をして、身を丸めていた。腕の中にいる何者かに頭を押し当て、頬ずりし、涙ながらにさえずりかける。

「あたしの赤ちゃん――やっと、取り戻した。あたしの坊や。あたしの――赤ちゃん」

イラーグとジャミーラ、二人の姿も、やがて水に映った姿のように薄れて、消え失せた。呼び出されていた魔物も妖異も消え失せ、ババヤガのうなり声のみが響くようになったヤガの上空に、イェライシャは一人ぽつんと浮いていた。

「あれはあれで、哀れなものたちであったことよ」

低くイェライシャは呟いて、杖を額にあてた。

「しかし、許せよ、時を無駄にしていられる余裕はないのだ。……ババヤガ、ババヤガよ。ノスフェラスの魔道師よ」

イェライシャはすべるように移動して、ババヤガのそばに降り立った。ベイラーに断ち落とされた腕もすっかり再生して、ババヤガはいまだに猛り狂っている。身を揺するたびに全身の蔦やシダ類がざわざわと蠢《うごめ》き、新たな植物が地面を揺すって生えだしてくる。ババヤガのいる樹冠はすでに、小さな森のようなありさまになっていた。

「ババヤガよ、目を覚ませ。怒りを鎮めよ、ババヤガ」

イェライシャはババヤガの正面にまわり、一方の手をあげてババヤガの眉間に置いた。

ババヤガの小さな目は真っ赤な色に燃えており、何をされているかなど気づきもしていないようだった。

「ババヤガよ、目を覚ませ。ババヤガ。もはやそなたを怒らせておるものはない。ババヤガよ」

イェライシャは瞑目し、じっと意識を凝らすふぜいになった。

「ババヤガよ」

ババヤガの大きな身体がぐらっと揺らめいた。

ふいに静けさがあった。ひっきりなしに地面を揺すっていた鳴動がやんでいた。

ババヤガは大きく目を見開いたままじっと動かない。吹いてきた風が、彼の身体に生えたさまざまな植物の葉を、いちめんに生え出た草や木のこずえを、さらさらと吹きなびかせて過ぎていく。

「ババヤガよ」イェライシャはやさしく呼びかけた。

「ババヤガ。正気に戻ったか」

「……はて。そう言うのは、何者か」

深く響くその声は、もはや怒り狂った獣のものではなかった。ババヤガはよく光る黒い双眸で、自分の前に立つ白髪白髯《はくはつはくぜん》の老人を見下ろした。じっと見つめ、木の表面めいた顔に、わずかにしわを寄せる。

「この力……その姿。会うたことはないが、どうやら話に聞いたことがあるような気がするぞよ」

「ノスフェラスの隠者に知られておるとは光栄の至り」イェライシャは丁寧に言った。「われはイェライシャと申すもの。ババヤガよ、そなたが怒りに囚われ、この地に未曾有の変動を引きおこさんとしていたため、こうして、呼び覚ましに参上した」

「うむ。それは」

ババヤガは多少、返事に困ったような表情になった。怒りにかられていたとはいえ、自分が何をしていたかは、さすがに少しは覚えているらしい。

「それは、悪いことをした。礼を言うぞ、イェライシャとやら。おお、そうだ、その名前は、確かあの剣士から耳にしたことがあるの。おぬしが、そのイェライシャか」

「いかにも。この地へは〈新しきミロク〉のたくらみをくじき、異界の魔王が及ぼさんとする次元変動を防止するために参った。くだんの剣士はわが仲間、というべきかの。とある人物を救出するためこの都市に潜入し、その途上で、そなたにもかかわることとなった男よ。悪い人間ではない」

「いかにもな。多少考えの足らぬところはあるが……うむ？」

「どうした」

話していたババヤガがふと言葉をとぎらせ、首を伸ばすようにした。イェライシャは杖をついて後ろを振り返った。

「妙だの」ババヤガが言った。

「われの力でないものが地の底で働いておる。大きいぞ。破裂すればこの地一帯がまるごと吹き飛ぶやもしれぬ」

「なんと！」

イェライシャはすぐに杖を額にあて、愕然となった。

「神殿の底に魔力を暴走させる器械が動いておる！」

「わが魔力にまぎれていままで見いだせなんだか。まだ間に合うか、イェライシャよ」

「合わせてみせるとも」

一言残して、イェライシャは白い光の筋となって姿を消した。

ババヤガが見守るうちに、とつぜん、ドーンという音がして、神殿の奥深くの土壌がべこりと凹んだ。地の底のなにかを土壌ごとえぐりとったような凹み方だった。

次の瞬間、ヤガの上空がまっ白な光に包まれた。光は長い間続き、樹木に覆われた大神殿と、地面にへたり込んだ人々を白々と照らし出していたが、やがて少しずつ弱まり、消えた。

「やれ、間に合ったか」

人ごとのように呟き、ババヤガは下界を見た。

「これは、また、我がことながら、派手にやらかしたものだの、……おお、あそこに、剣士がおるな。なにやら、ずいぶんとくたびれているような」

第四話　流浪の皇女

1

単調な揺れが続いていた。何重にも重ねられたクッションとびろうどの座席の上で、シルヴィアはなかばうっとりとしながら頭を上げた。ひどく眠く、頭に霞がかかっているようで、ほとんど何も考えることができなかった。馬車の小さな窓から陽光がななめに入り込み、反対側の壁に菱形の光を落としている。彼女はまた両手の上に頭を落とし、車輪が石の上を乗り越えていく振動に身を任せた。いくつかの想念があぶくのように意識の底から浮き上がってきて、暗い水面で弾けた。

あの恐ろしい一幕はまだ悪夢の残りのように記憶の底にあった。魔道の産物のみにくい蜥蜴犬が襲来し、カラヴィアの人々を襲った。おびただしい数の群れが次々と人々を食い荒らし、引きずり倒していった。せっぱつまった大猿使いの少女メイが檻の扉を開けて、こうさけぶ場面が一瞬シルヴィアの脳裏で光った……

「女王さま、あなたに自由をあげる。だから——仲間を呼んで！　ガブールの森から大猿の仲間を呼びよせてよ！　化け物犬なんかやっつけて!!」

しかしガブールの森は遠く、大猿たちの仲間も来ることはなかった。檻から出た灰色猿の女王は、ほとんど蜥蜴犬に立ち向かうひますら与えられずに、彼らが内包する黒魔道に呑み込まれた。ガブールの灰色猿の女王は一時蜥蜴犬の集団にあらがったものの、全身に食らいつかれ、最期には、彼らの中に同化されていったのだ。

出現したのは蜥蜴犬の異形と鱗、灰色猿の怪力と双方の獰猛さをそなえた、強力な怪物だった。怪物は異界のものに与えられた指令のままにシルヴィアに襲いかかってきた。ほとんど失神状態にあったシルヴィアは動くことさえできず、必死に戦うパリスが打ち倒されて地面にくずおれるのも目にしないままに、喪神していたのだった。

だが、間一髪というところで、降り注いだ火矢がシルヴィアを救った。百本をこす火矢は怪物の全身につきたって炎をあげ、そいつを焼き尽くした。

大猿使いの少女と抱き合ってこのありさまを眺めていたシルヴィアに、馬を下りた一人の騎士が近づいてきたのは、怪物を焼く炎がほぼ燃えつきてからだった。

「ちょっと、何する気？」

大猿使いの少女メイがぎょっとしたように言った。騎士は彼女にはほとんど目をやりもせず、地面で放心しているシルヴィアの腕をとって、ぐいと引き上げたのである。

「ちょっと、その子に何する気？」

　返事はなかった。騎士はしがみつこうとしたメイを押しのけると、シルヴィアを引きずるようにして立たせた。向きを変え、木立の間にとめた馬のほうへ連れていこうとする。メイはしがみついて、

「お待ちよ、その子をどうする気さ！　その子はあたいたちの客だよ、うちの旅団の大事なお客なんだ、勝手に連れてかせるわけにはいかないよ……あっ」

　追いすがろうとして、メイは棒立ちになった。なぜそうなったのかは彼女自身にも定かではなかったが、うっそりと振り向いた騎士の面頬の奥から見つめる暗い視線に、心臓をつかまれたような思いがしたのだった。

　騎士はそのままシルヴィアをかかえて連れてゆき、馬にのせた。ほとんど気絶した状態のシルヴィアは自分が何をどうされているのかほとんど意識すらしていなかった。騎士はシルヴィアの後ろにまたがり、馬に拍車をいれた。馬頭をかえすと、彼の仲間の騎士たちもいっせいに向きを変えた。何が起こっているのか理解できず、啞然としたままのカラヴィア人たちと、怪物との戦いで地面に昏倒したままのパリスを残して、騎士たちは、たちまちのうちに闇に呑まれていった。

　それから……

　それから、シルヴィアはしばらくいった場所に停められていた馬車に乗せ替えられた

のだった。馬車は豪奢《ごうしゃ》に整えられ、やわらかいクッションと贅沢な座席に、足もとには細口壜にいれた冷たいカラム水さえ用意されていたが、誰もシルヴィアに口をきくものはなかった。騎士たちは、仲間同士でさえいっさい口をきかず、馬車を囲んで黙々と馬を駆るばかりだった。シルヴィアはただ馬車のかるい揺れに身を任せながら、どこへ連れていかれるのか、このものたちは何者なのかとおびえる余裕すらなく、ひたすら、白昼夢に似た半睡半醒のはざまをただよっていた。

どれほどの間走ったのか、シルヴィアにはよくわからない。数日間かもしれないし、ほんの数刻しか走らなかったような気もする。気がつくと、馬車は止まっていた。重い足音が近づいてきて、扉が開く。シルヴィアは重いまぶたを開けて相手を見た。白銀の鎧の騎士が身体をかがめて、こちらに向かって手を伸ばしている。

「いや！」

反射的に手を払いのけた。

「あんた、だれよ？　パリスはどこにいるの？　あたしをどうする気なの？」

だが、騎士は動じた様子もなく、上体を折り曲げてシルヴィアを抱えると、荷物を運び出すようにして馬車から降ろした。さっと涼しい風が頬に当たり、かぐわしい香りがした。

乱暴な扱いに抗議しようと声をあげかけていたシルヴィアは、ぽかんとして腕をおろした。

　そこは、華麗な白い小宮殿の前だった。小鳥の声がどこかでしている。目の前には大理石でこしらえた純白の階と、建ち並ぶ白い円柱があり、淡い色のうすものをまとった女たちが数人、出迎えるようにまわりに跪いていた。

「な、なに、これ」

　あたりを見回してシルヴィアは口ごもった。周囲は美しい庭園になっていた。緑の芝生がひろがり、とりどりの花と植え込みが貴婦人の別邸にふさわしい繊細な意匠で植え込まれている。自分が降りてきた馬車を振り返ると、それは黒くつややかに塗られたたいそう立派な二頭立ての馬車で、全体に金で文様が描かれ、驚いたことには、ケイロニアの獅子の紋章が、扉のところに大きく描かれていた。

「これ、いったい何なの。あんたたち、あたしをどうするつもりなの」

「ケイロニア皇女、シルヴィア・ダリア・ケイロニアス殿下」

　跪いた女たちのひとりが口を開いた。久しぶりに呼ばれた自分の名前に、シルヴィアはびくっとした。ケイロニア皇女という称号にも。

「この邸宅はあなたさまのご用を満たすためにととのえられたものでございます。わたくしどもはあなたさまの婢《はしため》。どうぞ、なんでもご命令くださいませ。わたくしどもは主の命を受けて、あなたさまにお仕えするものでございます」

「なんですって？」

シルヴィアはふらふらと起き上がり、騎士の腕をおしのけて立ちあがった。髪の毛を振り払い、呆然として辺りを見回す。周囲はどこまでも明るかった。小鳥の声が聞こえ、花の香となにか別の、甘くせつない異国の香のにおいがただよってくる。風はそよそよとやさしく肌に触れ、大理石の壇は足の下になめらかで暖かかった。

「これが……あたしの？　どういうこと？　あんたたちの主って？」

「どうぞ、中へ、殿下」

女たちはそよ風のように動いてシルヴィアを取り囲んだ。騎士たちはやはり一言も発しないまま、一礼し、馬と馬車とをとりまとめてさがっていく。

「湯あみの準備ができてございます。それからお食事も。身体も汚れて、お疲れでございましょう。どうぞ中へ入って、お休みくださいまし。ただいま、軽いお飲み物でもお持ちいたします」

何が起こっているのかさっぱりわからないまま、シルヴィアは女たちに取り囲まれて小宮殿に連れ込まれた。

中は外と同様、貴婦人のための小離宮にふさわしく整っていた。婦人のためのきゃしゃな家具と優美な器物がとりそろえられ、明かりに金や銀の象眼が光る。壁の明かりは花のつぼみを模したような硝子の火屋《ほや》がかぶせられている。床に敷かれた絨毯はほとんど足首までとどく厚さ。壁面はこまかな刺繍を施したつづれ織りで飾られ、シルヴィアが導かれた寝室は、金襴《きんらん》の寝台覆いと絹の上掛け、羽毛の枕と布団がふっくらと盛り上がった寝台が中央を占めていた。

うすものをまとった女たちはみな驚くほどの美女揃いだった。彼女たちは寝室でシルヴィアの服を脱がせ、それから、磨きぬいた石の回廊を通って、居心地のいい浴室へと導いた。そこには、湯気を上げている浴槽と、布と海綿を手に控えている女たちがいて、シルヴィアを受けとった。されるがままに浴槽に沈められたシルヴィアは、数人の女たちの手でよってたかってやさしく洗われ、こすられ、髪をすすがれた。

頭の先から足の先まで洗われ、すっかり桃色になって出ていくと、厚くてやわらかい布とブラシを持った別の女たちが待っていた。

数人がかりで丁寧に全身を拭われてから、手を取られてまた回廊を戻り、寝室で椅子に腰掛けさせられて、ていねいに髪を梳《くしけず》られる。湯に浸かっているあいだにすっかり眠くなっていたシルヴィアは何度もうとうとしかけたが、ブラシが髪を通る感触にはっとなって目覚め、座り直した。

「ねえ、ここはどこ？　あんたたちは誰なの？　どうして、こんなことするの？」

女たちはひそやかに笑ったばかりで誰も答えない。

髪がすっかりきれいになり、つやつやと金色に輝きだすと、女たちは道具を片づけて運び出した。かわってまた別の女たちが、大きな衣装櫃をさげて入ってきた。櫃《ひつ》をあけると、中から華麗な色彩がこぼれた。薄紅色のひらひらする絹や浅い緑のサテン、金襴の袖に銀糸織りの裾、びろうどのマント、そして華やかなとりどりのレースの渦が溢れだしてきた。

「あたしの服は？」

風呂に入る前に脱がされた服はどこかに持ち去られていた。女たちは含み笑っただけで、櫃から取りだした衣装を次々とシルヴィアに当てはじめた。たちまち、あたりは豪華な花が散ったようなありさまになった。真紅の絹、象牙色のレース、黒と銀のガウン、金と緋色のドレス、金襴の帯と総刺繍の帯と……

「ねえ、あたしの服はどうなったの？」

誰も答えないので、シルヴィアはしだいにじれてきた。誰にも相手にされないほど、彼女が嫌いなことはないのだった。それは、いかに丁重な扱いを受けていても同じだった。

「それに、パリスはどこ？　彼はあたしのいるところなら、どこだっているはずよ。パリスはどこなの？」

彼女がパリスを求めたのは、心配からというよりは単に慣れ親しんだ保護者がそばにいない心細さと、周囲の者に対する不信からだった。いずれにせよ、答えを返すものはなかった。

「あなた様は何もお気になさることはございません、殿下」

「殿下ってなに？　あたしはなにもこんなところへ連れてきてくれなんて頼んじゃいないわ。いったいどういうことなの？　あんたたちは誰？　パリスはどこにいるの？」

　女たちはまたくすくす笑っただけだった。

　やがてシルヴィアはすっかり着飾らされている自分に気づいた。胸に深い切れ込みの入った真紅のびろうどのドレスで、襟もとと腰回りには金糸の縫い取りがびっしりと取り巻いている。肩からはやわらかな絹のうすものが何枚も下がってやさしく肌を愛撫し、裳《も》裾《すそ》は長く床に流れ、胸に入った切れ込みには、繊細なレースが幾重にも入って肌を覆っていた。

　宝石さえもいつのまにか身につけられていた。鏡が差し出され、シルヴィアは自分の華麗な装いを見た。喉もとに金の鎖につるされた青玉《サファイア》と緑玉《エメラルド》がさがり、耳たぶにはそれと同じ意匠の耳飾りが揺れている。手首には細い白金の鎖を何本も絡みあわせた腕飾《ブレスレット》が揺れ、手には、蛋白石《オパール》と縞瑪瑙《サードニクス》、黒瑪瑙《オニキス》と金剛石《ダイヤモンド》を組み合わせた大ぶりの指輪が、いくつも光を放っていた。

　さすがにシルヴィアもこれには圧倒された。誘拐されてのちの乱脈な生活、そして長い幽閉生活のあいだを通じて、これほどまでに豪奢な装いをしたのはもう思い出せないほど以前のことだった。質実なケイロニア宮廷ではそれほどの奢侈《しゃし》が好まれないことを考えてみれば、生涯で最高の装いだったといえるかもしれない。

「な——なんのつもりなの？」

シルヴィアはきらめく宝石と絹とびろうどに包まれながらおどおどと身体をなで回した。幽閉から抜け出して、下町の生活に慣れていた身からすると、かえってこのような姿は落ち着かないのだった。自分をシルヴィアと呼び、殿下と呼ぶ、この女たちにも慣れなかった。自分はパン屋の娘のルヴィナであり、そうであることに安住していた彼女にとって、かつての皇女としての名と称号は、かえって恐怖と警戒心をかき立てるものでしかなかったのである。

「わたくしどもはあなた様に、ご身分にふさわしい装いをしていただくよう命じられているだけでございますわ」

「命じられているって誰によ？　誰が、あたしにこんなことをしろって命じてるっていうの？」

やはり答えはかえらなかった。かみつくシルヴィアを、女たちは捉えどころのない微笑とさりげない仕草でかわしてしまった。着飾らされたシルヴィアは手を取られてそのまま寝室から導き出され、また別の部屋へと連れてゆかれた。

そこは食堂だった。すでに一人分の席の用意ができており、黄金の皿と、銀の食事道具がきちんと並べられて、燭台に香料入りの明るい蜜蠟燭《みつろうそく》がともり、かぐわしい香りをあたりにたてていた。

　抵抗することができないままシルヴィアが座ると、料理が運ばれてきた。はじめは桃と香草のはいった冷たいスープで、一口すると、口の中がすっきりした。それと同時に、気の遠くなりそうなほど空腹なことにも気づいた。息もつかずにシルヴィアはスープを飲み干してしまうと、砕いた胡桃《くるみ》をかけた青野菜と炒めた葉物、豚肉と卵の重ね焼きをむさぼるように食べた。とうもろこしの揚げ物の皿に林檎と棗椰子《なつめやし》をいれて焼いたパンの籠が並び、人参、玉ねぎに香辛料を加えて乳で煮た子羊肉の薄切りが並んだ。生姜《しょうが》とサフランを振り、蜂蜜を塗って仕上げた鶉《うずら》のひとつがいに、火傷しそうなほど熱い魚のパイが運ばれてきた。詰め物をしたひな鳥の一羽を食べている間に、こんがりと焦げた猪の肋肉《あばらにく》が置かれた。次々と運ばれてくるご馳走の流れに、シルヴィアはのみこまれてしまいそうだった。

「もう十分。これ以上は食べられないわ」

　結局ほとんどの皿に少しずつ口をつけただけで、シルヴィアはあえいだ。これほどのこってりした料理を食べるのは久しぶりすぎて、胃の腑のほうがびっくりしてしまいそうだった。おなかが風船のようにふくらんでいる気さえする。

「これ以上は一口だってだめ。ねえ、いったい誰が、あたしにこんなことをしてくれてるの？　あんたたちの主って、いったい誰なの？」

食事をしてしまうと多少気が静まって、シルヴィアは、それまでよりもいくらか静かに女たちに尋ねた。女たちは、やさしい微笑をシルヴィアに向けると、手にしていた干し葡萄と柑橘《かんきつ》を添えたチーズに、酸味の氷菓子を置いた。

「ただ、あなた様に対して正しい扱いがされるようにと考えていらっしゃる方でございますよ」

「正しい扱い方って？」

シルヴィアはまた警戒が頭をもたげるのを感じた。これまで、例の〈闇の中からの声〉も含めて、彼女に『正しい扱い』や『正統な身分』を求めるものはみな、彼女に対してめんどうしか押しつけてこなかったからだ。彼女が解放されたと感じるのはいつも宮殿の外、身分など関係ない町方の暮らしだけであり、ケイロニア皇女としての扱いやふるまいなど、今の彼女は、求められるのも求めるのも心底いやだったのである。

（あたしは、あたしよ。正しい扱い方とか、身分とか、そんなのもう知りやしない。あたしはただ、あたしのしたいようにしたいだけ、ただ、それだけよ……）

「お食事はもうよろしいのですか。では、こちらへ」

女たちに導かれるまま、シルヴィアは席を立った。来たときとは別の入り口から、女たちはシルヴィアを連れ出した。静かな、頭上にはいくつもの白い拱門《アーチ》が並んだ通路で、左右には彫刻のある雪花石膏《せっかせっこう》の窓がつづいている。やわらかな光は入ってくるが、外が見えるほどの透明度はない。下はなめらかに磨かれた石で、履かされたびっしり真珠の縫いつけられた靴が、かすかなしゅっしゅっという音をたてた。

この小宮殿に入ってからずっとただよっている異国の香の香りが、ここではいっそう強かった。シルヴィアは催眠術にかけられたように感じた。乳白色の、やわらかな光に満ちた通路を、かすかにぴりっとする異国の甘い香りをかぎながら歩いていくと、まるで、夢の中を進んでいくような気がしたのである。

いつのまにか、女たちは姿を消していた。シルヴィアはひとりで通路を進んでいた。いくつも、いくつもの拱門を通り抜け、雪花石膏の薄桃色に染まる窓の前を通り抜けた。かすかな衣擦《きぬず》れと、靴底の繻子《しゅす》がこすれる音だけを聞きながら進んでいき、ついに、大きな、黒檀《こくたん》の両開きの扉に向かい合ったとき、シルヴィアは自分がはたして起きているのか眠っているのかわからなくなっていた。

(もしかしたら、これはみんな夢なのかもしれないわ)

彼女はぼんやり思った。

(もしかしたら、あたしはまだあの道ばたにいて、カラヴィアの人たちといっしょに、焚き火のそばで眠って夢を見ているだけなのかも)

けれども黒檀の扉は目の前にあった。金色の取っ手がちょうど手の高さにとりつけてありまるで招いているかのように鈍く輝いている。

乳色の光が暖かく周囲を満たしていた。シルヴィアは一歩進み、ひとつ息を吸って、両手を取っ手にかけた。少しずつ力をこめ、はじめはゆっくり、やがて強く、取っ手を後ろに引いた。

2

《パリス！　パリスってば、よう！》
　何者かが必死に耳のそばで叫んでいる。
《パリスってば！　……ええい、やられちまったのかい、しょうもねえ！　気がつけよ、おい、パリスってば、よう！》
　パリスはうなりながら目を開いた。暗い空と、ゆれる松明の光が目に入ってきた。すぐそばに、白馬の薄灰色の鼻先がある。それが、必死に押しつけられ、念話を送ってきていた。白馬の姿にもどった淫魔のユリウスである。
《パリス！　うへえ、目が覚めたのかい、まったく、死んじまったのかと思ったよ！》
　頭を振りながら彼は起き上がった。常人ならば魔猿に力いっぱい地面に叩きつけられた時点で死んでいておかしくないが、闇の司祭の眷属《けんぞく》となった人間は、そんなこと程度で死にはしない。
「……シ、ルヴィアさま、は？」

「ルヴィナさんのこと？」

そばでうずくまっていた大猿使いのメイがけげんそうに言った。

「わかんない。……覚えてない？　あんたが倒れてしまってから、どこのかわからないけど、鎧甲に身を固めた騎士が一隊やってきて、怪物に火矢を射かけたの」

パリスはうめいて頭に手を当てた。倒れる寸前のことは混乱していてよく覚えていない。ユリウスが不定形の姿に戻って空中に舞いあがり、声をかけてきた。短剣を渡され、弱点を教えられて、大猿の肩に飛び移った。

その目を狙って、両足で首を締めあげながら、短剣を突き刺した。大猿はぎゃっと悲鳴をあげたが、死にきらずに、パリスの足を振り払って空中に投げだした。放り出されたパリスは地面に叩きつけられ、そのまま絶息した……

メイは続けた。

「一言も口をきかない騎士たちで、黙ったままルヴィナさんを抱きあげて、馬に乗せて連れてっちゃったのよ。あれ、あんたたちの味方じゃないの？　少なくともルヴィナさんのことは、丁重に扱ってたみたいだったけど……きゃっ」

いきなり立ちあがったパリスに、メイは驚いて後ろにひっくり返った。

「ち、ちょっと、何よ」

「シ、シルヴィアさま、さ、探す」

いかつい男の顔は悲痛な決意と焦慮に満ちていた。むきだされた目はぐるぐるとあたりを探して、少しでも女主人の痕跡がないかとさぐっている。大きな身体の男が、今にも泣き出さんばかりだった。

「シルヴィアさま、探す！」

「探すったって、どうするのよ」

メイが心配そうな声を出した。

「あの騎士たちはとっくの昔に行っちゃって、どこへ行くとも、どうするとも、何とも言ってなかったのよ。あたしたち、きっと、あの騎士たちはあんたたちの味方か何かなんだろうと思って——」

「シルヴィアだって？」

いぶかしげな声がはいった。

「あの娘は、ルヴィナって名前じゃなかったのかい」

「パン屋の娘だって、言ってなかったか？」

周囲に集まっていたカラヴィアの人々がざわつき始めていた。蜥蜴犬の襲撃をかいくぐって、残ったのはほんの三十人ほどでしかない。みな疲れ果てた顔で血まみれになり、顔や身体にいくつもの傷を負っている者も多かったが、目の前で起こった異常な出来事に、興奮し、怯えていた。

「パン屋の娘を、何だって騎士が守って連れてくんだね」

「あの犬みたいな怪物、あの娘を集中して狙っていなかったか？」

「その白い馬、変な形に化けたぞ。空だって飛んだ、俺は見た。なんであんたたちが、そんなもの連れてる？」

「そいつも、あの襲ってきた変な犬やなんかの仲間じゃないのか？」

《おっと。こいつは、どうやら旗色が悪くなってきたぜ》

カラヴィア人の目に、しだいに警戒と嫌悪の色があらわれてきたのを見て、めざとくユリウスがささやいた。

《どうやら、おさらばしたほうがよさそうだ。ライウスも死んじまったようだし、これ以上、ここにいる必要はないさね》

「みんな、ちょ、ちょっと待って」

急に険悪な色を強めはじめた仲間たちに、メイがあせった顔で呼びかけた。

「みんな、どうしたの？　この人たちはあの化け物を殺してくれたんだよ。あたしたちを助けてくれたのに、なんでそんなこと言うの？」

《無駄だよ、娘っこ——って言っても、聞こえないか》

ユリウスが馬鹿にしたように言った。

《さっさとおさらばしようぜ、パリス》

パリスはくるりと背を向けると、馬の姿のユリウスの背中に飛び乗った。メイがあっと叫んで手を伸ばしかけたが、その手から逃れるようにして、パリスとマリウスは木立の間に駆け出した。メイは数歩あとを追って駆けたが、少しして途方に暮れて立ち止まってしまった。カラヴィア人たちの視界から、白い馬に乗った男は、たちまちのうちに消えていってしまった。


昼も夜も、ユリウスとパリスは走り続けた。

妖魔の嗅覚によってユリウスはシルヴィアの連れ去られた方角を感知していた。蜥蜴犬に襲われたとき、カラヴィア人一行はカレニア自治領を出てサラミスの近くまで来ていた。シルヴィアを連れ去った騎士の一隊は北東へむかい、イーラ湖の周辺を目指していると思われた。パリスはほとんど休もうとせず、マリウスのほうが音を上げて休憩をうながしても、ほとんど聞き入れようとしないでぐいぐい手綱をふるってユリウスを先へとせきたてた。

《おい、おいらは妖魔だからまだいいがね、あんたは人間なんだぜ、パリスさんよ。そりゃお師匠さまの眷属になって多少ふつうの人間よりゃじょうぶになってるが、だからって食うものも食わず飲むものも飲まずってわけにゃいかないんだぜ。ちょっと止まってなにか腹に入れるか、せめて水でも飲まないと、いざって時にどうにもならなくなっ

ちまう。それでもいいのかい》
こう助言されてもパリスは歯をむいただけで、ユリウスの横腹に拍車を押しつけるだけだった。その目はぎらぎらと輝いて、シルヴィアを探し求めるという唯一の目的にむかって、空中をにらんでいるばかりだった。
いくつかの村を通過したが、ほとんど人影はなかった。村人たちは、首都クリスタルを襲った恐ろしい襲撃に怯えて、逃げ出してしまったらしい。通りかかった村はまったくの無人で、酒場の扉は開いたままぶらぶら揺れており、ほかの小屋や家も同様だった。村の小路にはあわてて逃げ出したあとらしい壊れた什器《じゅうき》やぼろ服がちらばっており、畑は、雑草がぼうぼうと生えて、作物はどこへ行ったかわからなくなってしまっていた。
《しかし、妙だね》とユリウスが呟いた。《めんどり姫をつれてった奴らのにおいがぜんぜんしないや。まあ、おかげで姫さんのにおいを追いやすくはあるけど、ふつうの人間がこんなに何のにおいもしないでいられるもんかね。まるで、お人形かなんかのかたまりみたいににおいがしないぜ。生きてるもんならそれなりの、生命のにおいってもんがするはずなんだが》
三日間騎行して、ダーナムの街についた。イーラ湖の手前にあり、クリスタルの都にも近い、開けた美しい街である。この街には多少の人間は残っているようだったが、馬に乗ったパリスが現れても、街の住民はじっと隠れて姿を現さなかった。それまで、ほとんど飲まず食わずで駆けてきたパリスに、ユリウスがやっとの事で説得して、休息をとらせるために目についた食堂へはいらせた時も同様だった。

「誰だ」

店内には客の気配がなかった。火は消え、床には汚れた藁と泥まみれの足跡が散っている。主人――おそらく――は、店の奥から灰色の顔を突き出し、身を守るように棒きれを身体の前にかまえて身構えていた。

「う――しょ――食事、を、たのみたい」

かすれた声でパリスは言った。

「パンとエール、それから――う――肉。あれば」

「帰ってくれ」

主人は引きつった声をあげて棒をかかげて見せた。

「ここにはあんたにやれるもんはなにもない。帰ってくれ。出てってくれ」

「う――」

「あんたもあの銀騎士どもの仲間なのか。よそものにやれる食べ物なんかここにはない。出てってくれ。でないと、こいつで一発食わせるぞ」

口では勇ましいことを言いながらも、主人の両手はぶるぶると震えていた。パリスはしばらく目をしばたたき、左右を見回していたが、やがて、店の垂木《たるき》から吊り下げられていた燻製肉のかたまりを見つけて、指さした。主人は身震いして、「わかったよ」と乱暴にいった。

「そいつはやる。そいつはやるから、さあ、もう出てってくれ。これ以上俺たちをいじめないでくれ。あれだけ若い者を連れていって、まだ何か奪い取ろうっていうのか？　さっさとどこかへ行って、俺たちのことはほっといてくれ」

《おかしいな》

パリスが燻製肉を持って鞍のところへ戻ると、ユリウスは首を振って言った。

《あんなにひどくおびえているのはなんでだろう。銀騎士どもの仲間って言ってたな。めんどり姫さんを連れてった騎士どもってのには仲間がいるのかね。においはとにかく、間違いなくこちらへ続いてきちゃいるんだが――》

鞍の上で黙々と燻製肉をむさぼっているパリスはこたえなかった。

それからさらに二日間の騎行が続いた。イーラ湖のきらめく湖面を左手に見て街道を急いでいると、まったくの人通りのなさが不気味なほどだった。クリスタルでの竜頭兵の跳梁はユリウスもグラチウスから聞いて知っていたが、首都の荒廃が、これだけ人々を遠ざけるものだというのははじめて知ったことだった。

それとも、それだけではないのだろうか？　道を進むうちにも、何度か人に会う機会はあった。草地の上で、犬を連れて弓を手にした少年に出会ったことはあったし、小川のほとりで、馬に水をやっている旅装の女に出会ったこともあった。だがどちらも、馬に乗ってやってくるパリスを見ると表情をこわばらせ、向きを変えてどこかへ走り去ってしまうのだった。

これらの人々はどこにかくれているのだろう？　森の中か、それともどこかの洞窟か何かに隠れてでもいるのだろうか。ダーナムの街でもほとんど人には会わなかったが、そこを出ると、ますます人に会う機会は減った。以前、クリスタルへ行き来する人々で溢れていたと思われる街道には足踏みする者もなく、馬を進めるパリスの大きな影だけがゆらめいて走るだけだった。

《クリスタルが壊滅して、周りもすっかり人が逃げちまったってことかね》

走りながらユリウスが呟いた。

《それにしてもみんながあんなにぴりぴりしてるのは解せないな。……クリスタルから逃げ出してきた人間がもっといてもいいんだが。それさえできないくらいに迅速に、クリスタルがやられちまったってことなのかね？》

ユリウスのひとり言には、パリスは返事をしなかった。誰もいない街道を幾日も走り続け、ついに、彼らは、クリスタルの尖塔と城壁を望むところまでたどりついた。

パリスは馬を停めて、しばらく下を見下ろした。大きな災いに蹂躙された白亜の都市は、遠くから見るといかにも白い貴婦人のように、いまだ静かなたたずまいを見せている。林立する塔のいくつかは崩れているが、それも、遠くから見たかぎりではさほどめだたない。近くへ寄れば、白い石を染めているのがわかるであろう血痕も、ここからでは、遠すぎてよく見えない。

《なんてこった》

人間の姿であれば首をすくめていただろう。馬の姿のユリウスは、パリスを背中に乗せたまま、ぶるぶるっと胴震いした。

《まさかまさかと思いはしてたが、本当に、クリスタルまでやってきちまった。さあ、どうしよう。めんどり姫のにおいは、たしかにあん中へ続いてる。探すんならどうしたってあん中へ入んなきゃなんないが、ぞっとしねえなあ。例の蜥蜴頭の怪物ってのが、まだ、街中をうろうろしてるんじゃないのかねえ》

パリスは黙って拍車を入れた。ユリウスは横っ飛びして、《なにすんだよ》と怒鳴りつけた。

《おいらは馬の姿はしてるが、馬じゃないんだぜ。ここまで我慢して乗せてやってきたのだって、だいぶにご奉仕してやってんだ。お師匠さまの命令がなきゃ、あんたたちなんざ、とうの昔にほっぽっちまってるとこなんだ、偉そうにすんじゃねえや》

パリスは意に介さず、もう一度痛烈に拍車でユリウスの脇腹を蹴った。白馬の脇が裂けて血が流れ出し、ユリウスは頭を振って、人間めいた甲高い叫び声を上げた。

《畜生、なんてことしやがんだい、人間め！　おいらがおとなしくしてると思ってつけあがってるんじゃねえや、今ここでふり落としてやろうか》

　ユリウスは後ろ足で立って跳ねまわり始めたが、パリスは落ちなかった。しっかりと鞍にしがみつき、はみを絞めて、両足でしっかり胴体を挟みつけ、どうユリウスががんばっても落とされない。

《ああもう、わかったよ》

　しまいにユリウスのほうが根負けした。

《クリスタルの中へ入るってのかい。わかったよ、行くよ。行くからそうがんがん蹴るんじゃないよ。妖魔だって蹴られりゃ痛いんだ、まったく、お師匠さまってばおいらを放ってどこへいっちまったのかねえ》

　ゆるやかに起伏する丘を下り、野道を抜けて、やはり人影のない村を通り過ぎ、彼らはついに、クリスタルの市門の前にたどりついた。

　市門は巨大な石の扉で閉ざされていたが、なかば崩れ落ちて、くぐり抜けられるだけの大きな穴が開いていた。パリスは馬を下りると、剣を手にして、穴から首を突っ込み、中のようすを確かめた。ユリウスは馬の姿から不定形の妖魔の姿に戻り、空中を滑空して、するりと門の内側に入り込んだ。上空に滞空する。

《今のところ、竜頭兵とやらは見当たらないみたいだね》

その点に関してはパリスも同意見らしかった。彼は剣を手にしたまま、遠くの物音に耳をすますように頭を上げていたが、やがて、慎重に足を動かして市門の残骸を乗り越えた。

そのまま、ゆっくりと街路を歩きだす。ユリウスは不定形の姿のまま、ふわふわと空を飛んでその頭上に従った。

《わかっちゃいたけど、ぞっとしない光景だねえ》

気味悪そうにユリウスは言った。

《まだ死んだやつの絶叫がこだましてるのが聞こえるよ。魔力の残り香で、あちこちうずうずする》

市門を入ってすぐのところから、蹂躙の傷跡ははじまっていた。石で張られた街路は深くえぐられて、ひっくりかえった荷車や馬車があちこちに放り出されたままになっている。つながれたまま死んだ馬や驢馬が食われたらしいかわいた肉のこびりついた骨をさらして不気味に転がっており、あちこちに、どす黒いしみが塗料をぶちまけたように残っている。日にちがたち、強い腐臭や血臭はほぼ吹き払われていたが、その分、かわいた埃のにおいとわびしいかすかな屍臭がただよって、陰惨な雰囲気をより強いものにしていた。

家や商店は崩壊し、無残な荒れたあとをさらしていた。どこからも人々があわてて逃げ出したあと、あるいは、逃げ出す間もなく殺されたあとをありありと残し、ぶちまけたような血の跡はいっそう多かった。ある程度の雨風にさらされたあとでも、それらのあとはいまだにはっきりと染みついており、死体が転がっていたあとにはずたずたに引き裂かれた着物の残骸や、死体が身につけていたのであろう品物が散らばっている。死体そのものは喰われたのか、それとも持ち去られたのか跡形もなかった。そのことがまた、市内にただよう不気味な、非人間的な雰囲気を強めた。

《死体がないってことは、みんな奴らに喰われちまったのか》

上空をただよいながら、ユリウスはひとり言を言った。

《腐りはてて骨までなくなるにゃあまだ日がたってない……と、なると、クリスタルの都はまるごと竜頭兵とやらに食い尽くされちまったってわけかい。どうにもこうにも、豪儀なこった》

ゆっくりと歩いて角を曲がる。そこにもまた、惨劇のあとは広がっていた。横町から、表通りの広小路へ出たことで、荒涼とした雰囲気はいっそう強まった。誰もいない華麗な街並みに、ただ風が吹いている。無人の店からずたずたになった織物が風に揺れ、倒れた酒壺から葡萄酒が紫色のしみになって乾いていた。いたるところで壁や床がえぐられ、竜頭兵の襲撃のあとを物語っている。街角にたてられた祠《ほこら》はこなごなに踏みつぶされ、頭のとれたイラナ女神の神像が横倒しになっている。がれきが道をふさぎ、行く手にそびえる塔はなかばから折れて、上半分が完全に崩落していた。
《めんどり姫さんのにおいは確かにしてるが……》
　とユリウスは上空をただよいながら言った。
《この都の中から探し出すとなると、こいつはちょっとめんどうだぜ。しかし、その騎士って奴らはなんで姫さんをこんなとこへ連れてきたんだろうなあ？》
　と、その時、ちらりと動くものがパリスの目をとらえた。《あ、おい！》とユリウスが叫ぶ間もなく、彼はさっと走って、建物の影から大声でわめき散らす痩せっぽちの少年の手をつかんで引きずり出した。少年は大声を出してじたばた暴れたが、パリスが手にしている剣を見ると、びくっとして静かになった。
「う……、う」
《あーあ、こいつじゃ話をさせるのは無理か》
　ユリウスは上空で呟き、物陰にするりと舞い降りると、そこでいつもの赤い唇をした美青年の姿に化けた。髪をなでつけ、身なりをととのえてそばへ行ってみると、パリスはうなりながら少年の上にのしかかっており、少年のほうは、すっかり怯えきってちぢみあがっていた。
「さあ、さあ、そんなにこわがらなくったっていいんだよ」
　ユリウスは赤い唇を笑みの形にして二人の間へはいっていった。

「おいらたちは、人捜しでここへやってきた旅人さ。なにも、そんなにこわがんなくったっていいんだ。坊や、名前はなんてんだい？」

「エ、エ、エ、エム」

どもりどもり少年は答えた。赤っぽい髪の毛がぼさぼさに伸びていて、だぶだぶの着物は垢じみ、しみだらけになっている。やせてよごれた顔の中で目ばかりが大きく目立つ。もとはそれなりに整った顔立ちだったようだが、頬がくぼみ、熱に浮かされたような目つきの今では、骸骨に皮を貼りつけたようにしか見えない。

「そうかい、エムってのかい。おいらはユリアス、こっちの無口なのはパリスってんだ。口はうまくきけないけど、悪いことはしないやつだよ。エムは、どうしてこんなところにいるんだい？　竜頭兵に襲われたのかい？」

竜頭兵、という言葉を聞いたとたん、少年の瞳にはげしい恐怖の色が走った。ぱっと手を振り払って駆け出そうとするのをあわててとめて、

「待て待て、待てってったら。おいらたちはなにもあの怪物の仲間じゃないよ。人捜しって言ったろう。探してる人がいるんだ。あんたには何もしやしないよ」

「あの鱗の化け物」エムは両手をかたくよじりあわせて震えながら呟いた。「あの、蜥蜴みたいな頭の、怪物」

「そうさ、怪物、怪物だね。おそろしいことだったねえ、あれは」

見ていたわけではなかったが、この少年にとってはそれを認めてもらうことが必要らしいと感じて、慰めるようにユリウスは言った。

「エムはその怪物から逃げ出して隠れてるのかい。もしかして、おいらたちの探してる相手を見かけなかったかね。騎士たちの一団につれられて、このクリスタルに入ってきたはずなんだけど」

「あんたたち、あの銀騎士をおいかけてるのかい」

エムは青ざめた顔をあおむけた。

「銀騎士？　そいつらのこと、知ってるのかい」

「よくは知らない。けど、時々、お城のほうからやってきて、どこかへ出ていく騎士のことだろ。俺たち、怖いから、隠れて見つからないようにしてるけど」

「ダーナムの街でもそんなことを聞いたな」声を殺してユリウスは呟いた。

「あそこの店の主人も、銀騎士どもがどうとか、こうとか、言ってたっけ——そうかい、そうかい」と声を高めて、

「そいつらはエムに何かするのかい。生き残りを見つけて、連れていくとか？」

「わかんない。俺たちの仲間ではまだ、誰も連れてかれてないから。でも、ときどき、外から帰ってきたやつらが人間を連れてるのを見たことはある」

震えながらエムはそう言った。人間を連れている、と聞いたユリウスはがぜん乗り気

になって、エムをなだめすかし、問いかけた。

　エムはあの大虐殺があってから、奇跡的に生き残った子供たちばかりで集まり、ある店の地下室に隠れて生活しているらしい。食べ物や着る物は、放棄された商店をさぐって集めてくる。ほんとうはこんなおそろしいところは逃げ出したいが、子供ばかりで、都を出て旅をするにも危険が大きすぎ、行くところもなく、怯えながらも鼠のように商店の残り物をあさりながら、ここで暮らしていくしかない――という話だった。

「父ちゃんも母ちゃんも、みんな殺されちまった。守ってくれるもんなんて、誰もいない。大人たちはみんな死ぬか、逃げ出すかしちまった」

「銀騎士たちってのは、なにをするんだい」

「わかんない。ときどき隊列を組んで外に出ていくんだ。そして、人間を連れて帰ってくる。鎖につないでることもあるし、馬にくくって乗せてることもある。それでまた、お城のほうへ戻ってく。何人もいるのに、誰も口をきかなくて、しーんとしてて、すごく気持ちが悪いんだ」

　どうやら銀騎士とよばれている騎士たちは、人狩りのようなことをして人間を集めているらしい。シルヴィアもその一環として連れ去られたのだろうか。だが、竜頭兵をクリスタルにさし向けた竜王の意図がまだ働いているとすると、わざわざシルヴィアを選んで連れていったということにはやはり特別に意味があると思われる。

「おいらたちの探してる相手も、どうやらその銀騎士ってのに連れてかれたみたいなんだ。ねえ、エム、そいつらが向かうっていう、お城のほうへ案内してくれないかな？」

「えっ、いやだよ俺」

ぎょっとしたようにエムは尻込みした。

「そんなことしたら銀騎士に目つけられるかもしれないじゃないか。蜥蜴のお化けはいなくなったけど、まだどこかに隠れてるかもしれない。もしかしたらお化けと銀騎士は仲間で、怒らせたらまたお化けをけしかけてくるかも」

「もしそんなことがあっても、おいらたちが守ってやるよ」

あわててユリウスは言った。

「こっちのパリスはそうとう腕が立つし、おいらだって、これでなかなか馬鹿にしたもんじゃないんだぜ」

それを信じたのかどうか、エムは立ち上がりかけていたのを、こわごわとまた座り直した。「ほんとに？」

「ほんとさあ。誰も守ってくれる者がなかったんだろ？　おいらたちが守ってやるから、安心だよ」

「お、俺、俺、みんなの中じゃいちばん年上なんだ」

耐えきれなくなったように、エムはわっと泣き出した。

「俺がみんなを守って、世話してやらなきゃなんないんだ、けど、食べ物はだんだん少なくなって、遠くまで探しに行かなきゃいけなくなるし、水はだんだん減って、飲むものもなくなるし、いちばん小さいチェリはほんの赤ん坊で、お乳がほしいって泣くし、俺、もうどうしていいかわからなくて、俺」

「さあ、さあ、泣かなくってもいいんだよ」

なんとなく妙な気分がしながら、ユリウスは少年の頭に手を置いてなでた。

「心配しなくってもいいよ。おいらたちが、探し人をちゃんと見つけたら、おいらたちがエムを連れてクリスタルから連れ出してあげるからね」

（まあ、方便ってやつさ）とユリウスはこっそり思った。（これもみんな、めんどり姫さまを探すための方便ってやつさね）

しくしく泣きながらも、エムは久しぶりに感じた大人の手の感触に心が安らいだようだった。しばらくユリウスに慰められ、なだめすかされたあげく、ようやく、銀騎士たちが人間を連れてゆくほうへ案内することを承知した。

「でも、あいつらが連れてった人をどうしてるかまで、俺は知らないぜ。ただ、通りすぎるのを見かけてるだけなんだから。追っかけようなんて気も、起こしたことないし」

「うん、うん、わかってる。ただ、案内してくれればそれでいいんだ。おいらたちが探してる人がそこにいるかもしれないってだけだからね。近くまでいったらエムは戻りなよ。あとのことは、おいらたちでやるから」

エムはそれでもまだしばしためらっていたが、ユリウスがすがるようにしてもう一度頼むと、ためらいがちに腰を上げた。

「何度も言うけど、ただ案内するだけだぜ。俺はみんなのとこへ帰らなくちゃならないんだ。あんたたちの世話まで、面倒見切れないからな」

「わかってるよ。とにかく、案内しておくれ」

エムは立ちあがって小路に出て行き、先に立って、少し市の中心部へ進んだ広場を曲がり、クリスタル宮へと続く道を進みはじめた。行く手にはきらめく水晶宮の偉容が、都は壊滅してもほろびぬ美しさで虹色に陽光を反射している。

近づくにつれて王宮の優美な尖塔が近づいてきた。〈ヤヌスの塔〉、〈ルアーの塔〉、〈サリアの塔〉、〈真珠の塔〉。白い城壁に囲まれた宮城は荒廃した都市の中心に、唯一無傷の神像のように輝いている。通りのひとつをはさんだところまで来たところで、エムは震えだして足を止めた。

「ここ。ここまで来て、銀騎士はいっつもあっちへ曲がるんだ。追いかけたことのあるやつがそういってた。父ちゃんか母ちゃんがいないかって探してたみたいだけど、でも怖くなって飛んで帰ってきたって青くなって震えてた。俺もこっから先は行きたくない。あんたたち、行きたいなら行ってよ、でも俺は」

「わかったよ、案内どうもね。おまえさんはもうお帰り」

これ以上は無理だろうと、ユリウスはエムの頭に手をやった。しかし、触れる前にエムはさっと飛びすさり、パリスとユリウスを恐ろしいものでも見るような目で見た。まるで彼らまでもが銀騎士と同類であることに、今さらながら気づいたとでもいうような目だった。

「行っちまいな」低い声で彼は言った。

「俺のことを告げ口するんじゃねえぞ。でないと、どうするのかまでは言わなかった。彼はぱっと身をひるがえして駆けていき、曲がり角で一瞬立ち止まったあとは、後ろを振り返りもせずにどこかへ走り去ってしまった。ユリウスは宙に漂った手をしばらくとどめていたがため息をついてひっこめ、

「それじゃ」とパリスをうながした。

「それじゃ、行こうか」

エムのさした方角に道を曲がって進んだ。荒らされた建物と古い血痕が残る通りはそのままだったが、しばらく行くと、唐突にその街並みは終わっていた。まるで大きな鉈《なた》で切り取られたように、すっぱりと街並みが終わっている。かつてそびえていたはずの高い建物や塔もきれいさっぱり消え失せ、ぽっかりと空が見えていた。

「なんだいこりゃ。なんかに呑み込まれたか、削り取られたかしたみたいじゃないか」

ユリウスは先に立って小走りに崩れた街の境界線に向かった。あとからパリスが重い足取りで追う。

二人がすっぱりと切り取られた街の境界に達したとき、

「あっ、こ、こりゃあ……！」

ユリウスの口から驚愕の声がほとばしった。

3

扉はきしみもせずに、ゆっくりと手前へ向かって開いた。

入り口に立って、シルヴィアはためらった。中はうす暗く、この宮殿に入ってからずっとしている甘い異国の香のかおりが強く漂っていた。入ったすぐ脇に脚が曲線を描いた小卓があって、青い磁器の香炉からうっすらと青い煙が上がっている。ぼんやりと見える室内には奥に金色と緋色の房のついた灯籠が立ち、壁には重い金襴のつづれ織りがかかり、沈んだ葡萄酒色の座面の大きな寝椅子がその下におかれていた。奥の方には白い紗幕が張りめぐらされ、その奥に、わずかに人の動く気配がした。

『どうぞ。入っておいでなさい、シルヴィア殿下』

紗幕のむこうから声がした。やわらかく、耳を極上のびろうどで撫でるような甘やかな美声で、おそらくは男のものと思える深い響きを伴っている。シルヴィアは誘われるように二、三歩先へ進み、そこではっとして立ち止まった。

「あんた、誰？」

『あなたを正しく迎えたいと思っている者ですよ』

声はあくまで優しい。『どうぞ、中へ』

しばし躊躇《ちゅうちょ》したすえ、危険はないようだと判断して、シルヴィアは用心しつつ中へと踏み込んだ。甘い香煙が甘える猫のように肌にまとわりついてくる。紗幕の向こうで小さく含み笑う声が聞こえ、手が振られる影が一瞬見えたように思った。

『どうぞ、そこの椅子へ。座り心地は悪くないと思いますよ。なにかお飲みになりますか？　お手元に、カラム水の水差しをおいてありますが』

じりじりと進んで、指し示されたらしき椅子にたどりつき、腰を落ち着ける。そばには確かに、氷をたっぷり浮かばせたカラム水の入った水瓶と、杯があった。「いらないわ」シルヴィアは器物を押しやり、椅子の端に尻を乗せて、前に向かって身を乗り出した。

「あんた、何者なの？　この宮殿はあんたの？　ここにあたしを連れてきたのは、どういうつもり？」

『お静かに、殿下』

相手は穏やかに笑ったようだった。

『少しずつお話しいたしましょう。私が何者かということは、またいずれお話しいたします。とりあえずは、あなた様がお幸せになられるお手伝いをしたいと考えている人間だ、とだけお考えください』

「幸せですって？」

頭を振ると、つけられた耳飾りがすぐそばでちりちりと鳴った。「どういうことよ？」

『あなたはただ、幸福であることのみを求めておられる。満たされた生活、平穏な日々、ただそれだけ求めておられる』

「ええそうよ、悪い？」

通りすぎてきた嵐のような日々が思いだされる。誘拐され、幽閉されて自堕落に過ごした日々、町に繰り出して男漁りに精を出した日々、捕らえられ、幽閉され、せっかく生んだ子供も取りあげられて、涙と絶望の中に起き伏しした日々……ぶるっと身を震わせて、シルヴィアは暗い記憶を追い払った。

「誰だってそうじゃないの？　あたしはただ、幸せに生きたいだけ。普通の暮らしを、普通のように生きたいだけ。なにか文句があるっていうの？」

『とんでもない』

声はとてもやさしかったにもかかわらず、シルヴィアは妙に馬鹿にされているように感じた。

「あんたも、あたしをいじめたい奴らの仲間なの？」

険悪な声でシルヴィアは言った。

「みんなそうだ。みんな、あなた様のためでございますなんて言いながら、あたしをいじめて、だまして、悪いことばっかりするのよ。あたしはただ、あたしのしたいようにして、普通に、ただ普通に生きたいだけなのに、みんなあたしのことを騙して、いじめて、悪いことばっかり言うんだわ。あんたもどうせ、そんな口なんでしょ」

『もしそう思われたとしたら、申しわけございません』

シルヴィアがふっと拍子抜けするほど、それは真摯に聞こえる声だった。

『しかし、どうぞ信じていただきたいのです。私は、ただシルヴィア殿下のお幸せのみを考えている者ですよ。

あなた様が今まで受けてこられたさまざまな扱い、いわれなき汚名、非難、そうしたものすべてに、ふかくご同情いたします。あなた様はなにひとつ悪くはない。あなた様はなにひとつ望みなどしなかったのに、周囲の人間があなた様を陥れ、おとしめ、罠にかけ、いわれなき罪にあなた様をお落としした。そんな風にされる理由など、なにひとつあなた様にはなかったにもかかわらず』

「そ、――そんな、こと」

ぎくっとしてシルヴィアはつばを飲み込んだ。まるで、彼女がいつも心の内にかかえ込んでいる傷口にやさしく触れるようにして、そのやわらかな声は響いてきたのだった。

あたしは悪くない、あたしはただ騙されただけ、みんなにおとしいれられただけ、あたしは悪くない、あたしは……。そういった考えを、まさに他人からずばりと口にされて、シルヴィアはつい言葉に詰まった。

「そんな、こと、――あんたに言われる筋合いはないわ」

『それでも、事実でございましょう』

幕の中の声はあくまでやさしい。

『私は、ただあなた様が正しい扱いを受けられるようになり、そうしてあなた様が、真の幸福を手に入れられるお手伝いをしたいと望んでいるばかりなのです。この宮殿や、衣装や、食事はそのほんの手始めに過ぎません。あなた様が本当にふさわしい扱いをされ、本当にふさわしい生活をなさる、それだけが、望みなのですよ』

「なぜ？」

シルヴィアはするどく切り込んだ。

「どうしてそんなことしたがるの？　あたしを取り込んで、あんたにどんな得があるっていうの？　あたしに正しい扱いなんて言うけど、あたしを使ってケイロニアの国をどうにかしようって言うんなら、おあいにくさまですからね。あたしはぜったいあんな国には帰らないし、もどらないわよ。あんな国、もうどうだっていいんだから。あたしはただ、自由になりたいだけ。みんなが、なんだかんだ言ってあたしを追い回すけど、あたしはそれもいやなの。どうしてみんな、あたしをほっといてくれないの？」

じわりとシルヴィアの目に涙がにじみだした。金襴とレースの服の中で、彼女は身を縮め、両肩を抱いて不安げにすすり泣き始めた。

「あたしはほっといてほしいの。みんなにやいやい言われるのはもうたくさん。あたしは自由になりたい。ケイロニア皇女なんて、あたしはなりたくなかった。あたしはただの、普通の女よ、普通の女なのに、みんながうるさく言っていろいろ押しつけてくるのよ。はじめは皇女だなんだって持ち上げておいて、そのうち、グインがやってきたら手のひらを返して非難して。なにもかもあいつが悪いのに、なのにあたしばっかりが悪いみたいにして、売国妃とか、なんとか。冗談じゃないわ。あたしはなんにも知らないもの、あたしはただ、あたしでいるだけ、ただあたしでいたいだけ、なのに、どうしてそんなに言われなくちゃならないの？」

『おかわいそうに』

本当に痛ましげに、幕の内側の声は響いた。

『本当の自分を理解されないということは、どんなにかおつらいことでしょうね』

「ああ、そうよ！」

涙を払って、シルヴィアは勢いよく手を打ち合わせた。

「本当の自分よ！　わかる？　あたしは本当の自分でいたいだけなのに、みんなができなくするの。邪魔するのよ。まるで、あたしがやりたいことをやるのが憎いみたいに。なにをやっても、どうやっても、ケイロニアの皇女としてふさわしくない、って。皇女として、皇女として、皇女として。ああもう！」

シルヴィアは頭に手を伸ばし、なめらかに梳《す》きあげられた髪を乱暴にかきむしって乱した。

「もうたくさん。あたしは誰にも邪魔されたくない。あたしは、あたし自身でいたい。それがそんなに悪いことなの？　みんなに非難されなきゃいけないくらい悪いこと？　皇女だなんて、別にあたしが選んだわけじゃないわ。皇女なら、もっと好きに生きたってかまわないんじゃないの？　どっちにしろ、あたしは皇女なんてもうたくさん。皇帝なんて願い下げだわ。ねえ」

頭をかきむしっていた手をぴたりと止め、舐めあげるように幕のむこうの相手を見て、

「なんだかんだ言って、あんたも、あたしをつかまえてケイロニアの皇帝の位をどうこうしようなんて考えてるんじゃないでしょうね。――けど残念ね！」

返事が返る前に、シルヴィアは毒を吐き出すように続けた。

「もうケイロニアの皇帝の位にはオクタヴィアがついちゃったわ。あたしの腹違いの姉さんだけど、でもそんなことどうでもいいの。だからあたしを皇帝にして、あの国をどうこうしようったって無理な話なのよ。きっと、あたしよりずっと立派な皇帝になるん

でしょうよ」

オクタヴィアが皇帝になったと聞いた時に感じた衝撃を叩きつけるように、シルヴィアはひきつけるように笑った。廃嫡《はいちゃく》されたと知ったときとはまた別の衝撃が、そこにはあったのだった。

廃嫡された、と知ったときには、おまえはこの国には不要なのだと告げられた気がしてはげしく傷ついた。だが、オクタヴィアが皇帝位についたと知らされたときには、自分ではなくてオクタヴィアならいいのか、という、二重の衝撃があった。

オクタヴィアの存在を、宮廷にいたころはほとんど意識したことなどなかった。彼女はどこかからやってきた妾腹の娘というだけで、父アキレウスに認められたとき以来ほとんど表には出てこなかったし、話を聞くことすら少なかった。シルヴィアの世界にはオクタヴィアの存在すらほとんどなく、ただ彼女の世界は、彼女自身という巨大な存在でのみ、埋まっていたのである。

そのオクタヴィアが自分を排した帝位についた。オクタヴィア自身に反感があるわけではない。反感を抱くには、相手のことを多少なりとも心にかけていることが必要だ。シルヴィアはオクタヴィアのことなど塵ほども心にかけたことはなかったし、皇帝位についたと知らされた今でもそうだ。だが、自分を排除した場所が、まったく気にかけたこともない誰かにとられたという事実は、特にほしくもない玩具でも、他人に奪われれば多少はむっとするように、彼女の神経をいらつかせていたのであった。

おだやかな笑い声がした。

『ケイロニアなど、私にはどうでもいいことですよ。――申し上げましたでしょう。私はただ、あなた様がお幸せになられることのみを考えている、と』

シルヴィアははっと頭を上げた。

『あなた様の望みをすべてかなえて差しあげたいのです。普通の暮らし、自由な暮らし、誰にも邪魔されない生活、それらをかなえてさしあげましょう。何をしようと、どうしようと、誰にも文句をいわれないようにしてさしあげましょう』

「それ――ほんと？」

涙は止まっていた。シルヴィアは用心深く腰を上げ、深々と椅子に座り直した。茶色の目が疑惑と希望の両方に光っていた。

「でも、どうして？　あたしはあんたが誰だか知らないわ」

『あなたをお気の毒に思うから――その理由だけでは足りませんか』

「『お気の毒』なんて言葉、もう聞き飽きたわ」

シルヴィアは吐き捨てた。お気の毒に、お気の毒なシルヴィア様、お気の毒な、なんてお気の毒な。口々にそう言いながら、みんなはよってたかって自分を苦しめ、縛りつけ、騙して閉じこめて人生をめちゃくちゃに踏みにじった。お気の毒、なんて言葉は、紙切れ一枚ほどの役にも立ちやしないのだ。

『この私は違いますよ』

シルヴィアの心の中を読んだように相手は言った。

『信じてください、とは申しません。ただ、私はシルヴィア殿下のお味方です、そう考えてくだされば幸せです。ほかの誰がなんと言おうと、私は殿下をお守りいたしますし、けっして裏切りはいたしません。シルヴィア殿下のお幸せのみが、私の求める唯一のことがらなのです』

「あたしの……？」

あなたを守る、けっして裏切らない、という言葉は、誰かを連想させた。パリスはどこにいるのだろう、と考え、シルヴィアは急にぞくぞくと身に迫る孤独を感じた。装身具と長い裾を鳴らしながら勢いよく立ちあがる。

「ねえ、パリスは？　パリスはどこにいるの？　あたしを置き去りにして、あいつはどこへいっちゃったの？」

『パリス、ですか。あの男でしたら問題ありません。いずれ、殿下のもとへお連れいたしますよ。ただ少しお待ち願わないと』

「いやよ、パリス、パリスはどこにいるの？　あたし、呼んでるのよ！　パリス！　パリス！」

両足で床を踏み鳴らして、シルヴィアは大声でわめいた。「パリス！」

振りまわした手が何かに当たり、ガチャンと砕ける音がした。そばにあったカラム水の瓶がひっくりかえり、床に黒紫色のしみを広げていた。

一瞬びくっとしてシルヴィアは手足をちぢめたが、何も反応がないと知ると、また猛烈に暴れだした。足置きが飛び、香炉が飛び、クッションが飛んだ。手近なものをことごとく投げつくしてしまって息を切らしたシルヴィアは、「パリスはどこなのよ！」と叫びながら、目の前の紗幕につかみかかっていった。

さっと両手が紗幕を左右に開いて、シルヴィアは棒立ちになった。誰もいなかった。紗幕の中には誰も座っていない椅子が一脚と、香炉の載った机があるばかりで、緑玉の香炉からは、やはり、甘い香りの香煙が、うっすらと青くくゆり続けているばかりだった。


「やれやれ。大変なはねっかえりだね。いささか疲れたよ」

「先にわたくしが話してもよろしゅうございましたのに」

「いや、やはり、これは私のやることだよ。まず、信用してもらわなければこの先の計画は進められない。それにしても、自由に生きたい、普通の生活がしたい、とは、大層な望みを抱いているものだね」

「大層、でございますか」

「大層さ。帝室に生まれた人間にそんなものが望めるなんて、彼女ははたして本当に思っているのかね？　思っているとしたらおめでたい限りだし、ただそう信じているだけだとしたら、哀れなことこの上ない。両方かもしれないがね」

「これからどうなさるおつもりです」

「とりあえずは様子を見て、なついてもらえるようにせいぜい努力を続けるよ。彼女の幸せを願っているというのは別に嘘じゃないしね。その幸せというものが、いかなる代償を求め、いかなる動きをもたらすかは別に彼女に言う必要はない。彼女は気にもしていないだろうし。あそこまで徹頭徹尾、自分のことだけで頭がいっぱいな人間というのも初めて見るよ。一種の才能かもしれないね。まあ、それはそれで高貴の人間の特性らしいとも言えば言えるが、彼女の場合は、自分がただの小娘だというあり得ないことに固執しているのが問題だ。彼女が皇女として生まれてしまったことは、周囲はどうあれ、本人にとっては多大なる悲劇だったのだと思うよ」

「周囲。彼女は自分の巻き込まれたことが周囲にいかなる結果を生み出すか、考えておりましょうか」

「考えていたらああ簡単にかんしゃくは起こさないさ。ああ、そういえば、彼女の連れの男はどうしたね」

「連れてくるようには命じておりませんでしたので、どこぞに置き去りになっていることと思います。探させますか」

「いや。構わない。どうやら闇の司祭が彼女の後ろについているようだ。妖魔と黒魔道の残り香が彼女のまわりにつきまとっていた。だとすれば、彼女のあとを追ってくるだろう。受け入れるか、それとも追い払うか、その時になってから決めればいいさ」

「かしこまりました」


「こいつは……」

ユリウスは息を呑みながら一歩ずつ前へ進んだ。

後ろから来たパリスも首を伸ばしてのぞき込み、ぐっと喉を詰まらせる音をして身をそらした。どこかで小鳥が啼いていた。それがひどく場違いだった。

日は照りつけ、石は白く、熱気がむっと頬を撫でた。ユリウスは嫌悪の顔をつくりながら首をのばしてその場を眺めた。

そこは広大なすり鉢状の広場になっていた。半球形に地面がえぐり取られ、そこが、卵を思わせるまっ白な材質のなにかで覆われている。大きな屋敷一軒がすっぽり入るほどの広さに、深さは目測で大人の背丈の四倍か五倍はあり、中心のあたりでは陽炎がぼんやりと舞い立っていた。

そしてそこに、びっしりと竜頭兵たちが眠っていた。身体を丸め、巨大な頭を垂らして、尻尾をきつく身体に巻きつけた姿で、丸くなってずらりと並んでいる。

丸くなった竜頭兵はユリウスたちのすぐ足の下からはじまって、らせんを描きながらずっと窪地の底まで達しており、真ん中のほうでは人形のように小さく見えた。まるで全体が緑のこまかな鱗におおわれているかのような光景だった。

「こいつら、こんなところにいたのか。クリスタルを襲った怪物ってのは」

ユリウスが息を殺して言った。

「姿が見えないと思っちゃいたけど、――こんなところで眠ってたなんて」

巨大な頭をした怪物たちは広大な白い半球を埋め尽くしており、その数はとうていユリウスには数え切れなかった。千、二千、三千、眺めているとめまいのするほどの数が陽光の下、鱗を光らせながら目を閉じてじっと丸まっている。

少しでも声を出すと奴らが目を覚ましそうな気がして、ユリウスはゆっくりと縁からあとずさった。わずかに開いた口また口から、針か剃刀のような歯がのぞいている。どいつもぴくりともしないが、あたりには、濃厚な生命の気配が溢れていた。なにかきっかけさえあれば、たちまちこいつらは目を覚まして目の前の者に飛びかかるだろうと予想させる雰囲気だ。

「くわばら、くわばら、……こいつは剣呑そのものだ。おい、パリス、さっさとこんな場所はおさらばするとしようぜ。なんだい、なにかあるってのかい」

パリスは首を伸ばしてしきりに遠くを窺い、そちらへ向かおうとしている。

「おい、やめろよ、行ったってなんにもいいことなんかねえよ、よせったら、……ああ、もう、しょうがねえな」

根負けしてユリウスはパリスについて行った。パリスは円形の窪地のまわりをまわっていき、ある場所でしゃがみ込んで、食い入るように下を見つめた。ユリウスもため息をつきながらまわっていって、あとからのぞき込み、うっと喉を詰まらせた。

「おい……こいつあ――」

それは人間だった。周囲を囲む竜頭兵と同じく、身を丸め、頭を下げた姿勢で、列に並べられている。

百人近くはいるだろう。ほとんどは若い男か女で、老人や子供は見当たらない。照りつける太陽の下で、彼らの肌は妙に青白く、ぶよぶよと透きとおって見えた。その下で、何か新しい生命がうごめいているのが見えるようであった。

「新しい竜頭兵を作ってるってのか……」

すると、銀騎士たちがさらってくる男女というのは――。

「おい、この中にめんどり姫さんがいるってのか？　もしいたら大ごとだぞ！　おい、パリスさんよ、あんた、わかんのかい。姫さんがここにいるんじゃねえだろうな！」

あわてて騒ぎ出したユリウスをよそに、パリスはじっと眠り続ける人間たちの顔をひとりひとり見て回った。男も女も、女はとくに念入りに。最後まで見て回ったところで、首を振って、ため息をついて立ちあがった。

「シルヴィアさま――う――いな、い」

「いないのかい」

　ユリウスは大きなため息をついた。

「そりゃあよかった、姫さんはここにはいないのか。鱗の怪物に変えられかけてるってわけじゃないんだな。あれ、それじゃ」

　喜んでからユリウスは愕然として、

「それじゃ、姫さんはいったいどこへ連れてかれてるんだ？」

　パリスは頭を高く上げてにおいをかぐような仕草をした。ぼさぼさの頭を振って、彼はそびえ立つ王宮の尖塔群を見やった。暗い瞳が狂おしく燃えていた。脚もとに竜頭兵が眠り、陽光が輝き、小鳥が啼く荒廃したクリスタルの都で、彼はひたすらに、白く高いクリスタル宮の塔を眺め続けていた。

4

（——あ）

半睡半醒の状態から、レムスはぼんやりと目を開いた。

あたりは静まりかえっている。そのはずだ。レムスの軟禁されている〈白亜の塔〉に入ってこられる者はない。身の回りの世話をする者さえ、魔道の一種による自動機械のようなものであって人間ではない。何があっても黙々とレムスの世話だけを繰り返す非人間の従僕だ。言葉を話すことも、必要以上の音を立てることもない。レムスの日々はただ沈黙と孤独と悔恨にのみ満ちており、ほかに彼を騒がす者などないはずだった。

だが、人の気配が感じられた。まだ夢を見ているのか、と疑った。人間の気配などというものは、いまのレムスにとって夢の中で感じるよりもなお頼りない、信じがたいものだ。きっとまた、夢を見ているのだ——そうきめてふたたび目を閉じようとしたとき、今度はもっとはっきりと、ことりという音が戸口のあたりでした。

レムスはうめき声を上げ、けだるい頭をごろりと返した。

はっきりしない目を無理に押し開ける。戸口のところに、頭から薄衣をまとったほっそりした人影が、寄りかかるように立っていた。

(リンダ……?)

一瞬思ったが、そうではない。もっと年上の女性だ。背も高く、なよやかな腰つきは肩からまとったマントの上からでもわかる。

「だれ……だ」

のろのろとレムスは言った。

「僕に……なんの……用だ」

「あたくしにも——よくはわからないのですわ、陛下」

そう聞こえたのは、どこかおろおろとした女性の声だった。耳に快い低く甘やかな響きではあるが、耳をはばかるようにかすれている。

「ただ——怖いんですの。そう。わたくし、どなたかにお話を聞いてもらいたいのですの。でも、いまのパロには誰もいません……誰も。陛下以外の人々は、みんな殺されるか、逃げ出すかしてしまいましたもの」

そう言われてもレムスの鈍磨した心にはなんの反応ももたらさなかった。わずかに、殺されるとは、逃げ出すとはどういうことか、との疑問は起こったが、それもまたすぐに水のように解け流れて、あとには残らなかった。

「陛下──わたくし、怖うございます」

人影はぎゅっと両手を握り合わせながら力なく言った。

「わたくし、いったいなんということに手を染めてしまったのでしょう。あの方のお力に抗えずに従ってしまったけれど、本当にそれは正しいことだったのでございましょうか。ディモス──あのいやな男に毎日こびを売って、あの男の悪辣なたくらみを見守る、それが本当にパロのためになるのでございましょうか」

何を言っているのかレムスにはまったくわからなかった。ディモス？　あの方？

「なんの話だか……わからない」のろのろとレムスは言った。

「放っておいてくれないか。僕には誰も、なんの用もないはずだろう」

「ええ、ですから、ほかに話せる方がおりませんの」

彼女は涙をこらえているようだった。レムスのはっきりしない記憶の中から、水底から浮かびあがる魚のように、相手の名前が浮かびあがってきた。ああ、そうだ。確か、デビ・フェリシア。彼女が宮廷で華やかな座の中央にいたこと、華麗ないとこ──思い出せない──とともに踊っていたこと。うたわれた恋愛遍歴の数々。

「こんなことを申し上げるのは失礼ですけれど、わたくしも、こんなことにならなければ陛下のもとへは参りませんでしたわ。でも、誰かに話さないといてもたってもいられなくなって。でも、めったな相手には話せませんし、そもそも、相手がおりません。ディモスには話せないし、あの方にも、あの方についている魔道師にも、もってのほか」

レムスは鋭い頭痛に顔をしかめた。デビ・フェリシアの声はかき口説くように続いた。

「あの方はこれはパロのためであるのだから、協力してくれるようにとおっしゃいました。わたくし、それを信じました。信じたかっただけかもしれませんわ。そうしてクリスタルはあの恐ろしい怪物に蹂躙されて、ほとんどの民は死ぬか、逃げるかしてしまい、残っているのはわたくしと、ディモスと、それからあの方のしもべだけ。ああ、いったい何が起ころうとしているのでしょう。わたくしは、パロのためと言いながら、本当は恐ろしい悪魔に加担してしまったのではないかと、心配でたまらないのです、レムス陛下」

「それで、僕に何をしろと言うんだい」

けだるくレムスは応じた。身体は相変わらず重く、起き上がる気力さえわかなくて、ベッドにぐったりと横たわったままでいる。

「僕には何もできやしない。廃位され、幽閉されて、ここから一歩だって出られない身だ。君が何を怖がっているのか知らないけれど、僕にできることは何もない」

「わかっていますわ——だからこそ、わたくし、お話ししているのかもしれません」

ぐっと息を呑み込んで、デビ・フェリシアは肩を抱いた。

「あなた様であれば、何を話しても、何も、誰にも、もれる心配はないのですもの。…

……ああ、あの方は、いったい何を考えていらっしゃるのでしょう。あの恐ろしい怪物どもを故国の都に解き放って笑っていらっしゃるあの方は。あの方は新たなる強きパロを生まれ直させるために協力してほしいとおっしゃった。けれども、あんな虐殺や、謀略や、黒い魔道のはたらきが、本当に新たなパロには必要なのでしょうか。わたくしは、新たなパロというささやきにのせられて、悪魔に魂を売ってしまったのではないのでしょうか……」

レムスはまた目を閉じた。デビ・フェリシアの声が頭の中で鈍く反響している。恐ろしい怪物、虐殺、謀略、黒い魔道……

「レムス様、陛下、あなた様はかつてあの方と争われましたね。新たなパロ、新たな国を名乗って立ちあがられたあの方に、あなた様は王として反乱軍の名を下された。いまのあなた様にそのお力はありません。けれど、わたくし、いっそいまあなた様がふたたび立ち上がり、パロの王として、あの方を止めてくださったらとさえ思います。怖いのです、自分が、もはやとめようのない流れに巻き込まれている気がして。この流れが、あの方が、わたくしをどこまで連れていこうとしているのか、それを考えると、身も震えるほどに恐ろしいのですわ、陛下」

「僕が――王？」

短く、かすれた笑いをレムスは発した。

「ありえないよ、そんなことは。僕は――王ではない。もともと、そんなものじゃなかった。僕には王の資格なんてなかったんだ。僕はいつわりの王だった――だから僕は罰を受けて、今、ここにいる」

「それでも、あなた様は王でいらっしゃいました。そして今も、パロ王家の青い血をそのお体に継いでいらっしゃる」

レムスは黙ってただ首を振った。

「女王陛下はとらわれの身でいらっしゃいます。あの方が陛下をどうなさろうとしているのか、わたくしにはわからない。あの方の御心がわたくしにわかったためしなど、一度もなかった。かつて、うんと若いころにわたくしと恋をした少年は、もはや幻になってしまった。わたくしの前にいるあの方は、いまは何者なのでしょう。考えれば考えるほど、恐ろしくなってくる。死からよみがえってきたあの方、身辺にまつわる魔道の気配、怪物、謀略――」

ぶるっと身を震わせて、

「もともと、人を人とも思わないところが、人をボッカの駒のように動かすところがおありではあった。でも、今のように、楽しげに微笑みながら自らの国の民を虐殺する命令を下すなどと。以前のあの方はどこへ言ってしまったのでしょう。死からよみがえったときに、あの方ではなく、なにかドールの眷属があの方の肉体に入り込んだのでしょうか。わたくしはパロをドールの手に渡してしまったのでしょうか」

「どうでもいい。――どうでもいいんだ、もう」

レムスはうつろな笑いを放った。

「僕はパロの王ではなかった。その器でもなければ、その資格さえなかった。僕にわかっていることはそれだけさ。何を話しても、無駄だよ、デビ。僕はここで一生腐っていく身の上だ。もう王でもなければ、王家の一員でもなくなってしまった。君の恐怖がなんなのか、あの方っていうのがなんなのか知らないけれど、君は、君の人生を生きていってもらうしかない。僕の人生は終わってしまった。ここで、この〈白亜の塔〉の、たったひとりの部屋の中でね」

「いいえ、それでも、あなた様は王でいらっしゃいます」

デビ・フェリシアの声は祈りのようだった。ベッドの上で仰向けになったままじっと動かないレムスにすがるような目を注ぎ、きつく胸の前で両手を組み合わせた。

「詮無いことをお話しいたしました。わたくしはもう逃れることのできぬ身、あの方とともに、どこまでも進んでいくしかないのでございましょう。ただ、もしそれが、このパロを暗黒へと導く道でございましたら――」

言葉を切って、じっとレムスに目を注ぐ。

「どうかその時はもう一度、パロの者としてお立ちくださいまし。女王陛下をお守りし、陛下とともに、わたくしどもの愛するパロを暗黒の淵からお救いくださいまし。あなた様があの方と争われたときは、いずれにも正義と呼ぶべきものがありました。けれども今、わたくしは、あの方に対して恐怖を抱いています。あの方の持ち来るものが、本当は闇と邪悪なのではないかと心底恐れているのです。この恐れがはずれているよう、祈ってはおります。わたくしとて、愛しいパロをむざむざ暗黒の手に渡したくはございません。けれどもどうしようもなくなったときに、どうぞ、まだ救いの手はあると思わせてくださいまし」

額に手を乗せたまま、レムスは何も応えなかった。デビ・フェリシアはしばらく返事を待つようにそこにとどまっていたが、やがて、小さくため息をついて扉を閉め、姿を消した。小さなすり足の足音が遠ざかっていくのを、レムスは、暗黒の中で目を閉じてじっと聞いていた。

あとがき

どうもお世話になります、五代ゆうです。

流浪の皇女、というタイトルでありながらあんまり流浪してませんでした。すみません。というかこれから流浪するんでしょうかね。

シルヴィアという娘さんはこう、嫌いにはなれないんですが、見ていてどうにもじれったいというか、気持ちはわかるんだけどなにもそう意固地にならなくてもいいんじゃないか、ちょっとくらい他の人の気持ちも考えてやってもいいんじゃないか、という気分になる人です。じれったいというかなんというか。

ケイロニアの皇女という地位に生まれつきさえしなかったら――とはたしかに思いますし、そのほうがたぶんきっともっと幸せだったんだろう、とは思いますが、彼女の転落は痛々しく、確かに彼女のせいばかりとは言えないところもあって、なんとも言えない気持ちになります。売国妃、という重い名を背負わされることが決定している彼女なんですが、考えると暗澹たる気分になりますね。

さまよう彼女を「あのお方」がどうやら掌中に入れたようですが、親玉のヤンダル・ゾッグがいまいないんですけど、どうするつもりなんでしょうね。彼のことだから何かしら考えているとは思いますが、というか、きっともう自分勝手になにか考えているのだとは思いますが。

宵野ゆめさんのパートのお話が入ってきて、私も書いていてとまどうことも多くありました。ベースの正篇があって、それにさらに別のかたの設定が入ってくるとなると、「あれ？ ここはどうたったんだっけ」ということになりがちで、ちょっとおっかなびっくりです。

ワルスタット城の陰謀もグイン出現で救出の糸口が見え始めました。このところ各地を単身駆け回っているグインですが、久しぶりにその超戦士ぶりを見せつけてくれる活躍です。かれもシルヴィアの件あり、ケイロニアの内情ありで、なかなか気の晴れるところがないかもしれませんが、一気にここらで大暴れしてほしいものです。

これも宵野さんパートからの参入ですが、アウルス・アラン君は若くて清新な武将で、かわいいですね。アウロラ嬢（これも宵野さんパートからのお迎えですが）に青春

（？）しちゃってて、はたから見ると見え見えなのがいとおしいものです。

アクテ夫人を監禁中のラカント伯ですが、なんか担当の阿部さんから「いやらしくていいです」と言われました。まあ確かにいやらしいっていうか、かなり露骨にアクテ夫人に色目使っていますわな。実は貴族じゃなかった彼ですが、前身があまりたちのいい人間じゃなかったということで。

リギアはあいかわらず女傑です。彼女の活動は書いてて楽しいというか、自分から元気に活動の渦に飛び込んで行ってくれる人は筆の進みも早くて気持ちいいです。

それに対してちょっとなさけない男性陣というかマリウスたちですが、次はもうちょっとがんばってほしいものです。マリウスもあれで芯はしっかりしてるはずなんですけど、いざという時にならないとしっかりぶりが見えてこないのがくやしいですね。本当はあれでかなり気も強いし、ねばり強くて頑固なところもあるはずなんですが。

そういえば、アストリアスが再登場しました。ドリアン王子をさらったのはやはりというか、巻き返しを狙う旧モンゴール勢でしたが、正篇では、「光の女神騎士団」を率いてスーティを狙ったことのある彼も、かつて愛したアムネリス公女の息子、というドリアン王子には、あまり平静な気分ではいられないようです。恋に狂い、ヴァレリウスに操られて（偽の）ナリスをおそった若きモンゴール騎士は、時が流れ、アムネリスの、さらに別の男との息子に、何を思うのでしょうか。

血の半分はイシュトヴァーンである、という事実はあっても、彼にとってはやはり愛しいひとの血を引く子。もしかしたら自分の息子だったかもしれない、という気持ちも、ひょっとしたらあるのかもしれません。スーティの時はたんにイシュトヴァーン王の落とし子、とだけ考えていた彼も、アムネリスの実の子であるドリアンに対しては、それほどわりきった考え方はできないようです。

その一方で、スーティたちのでこぼこパーティがドリアンを追っています。相変わらずのポンコツな琥珀とぶつぶつうるさいグラチーおじいちゃんです。おじいちゃんは不満で不満でしょうがないようですが、ごめんね。

ウーラが人型になりましたが、これは、ザザが人型になれるんだったらウーラもなってもいいじゃない、ということでこうしました。馬にはなってるんだから変身能力はあるのよね？　ってことで。

ちなみに人型にはなっても口はききません。そこはやっぱり、ザザよりずっと妖魔としては若いというか、そこまでは変身がうまくないというか。

私はむかしっからでっかい男の肩にちっちゃい子供がちょこんと乗っている、という図が好きで、むかーし、水戸黄門のドラマにでっかい忍者の青年の肩にちょこんと乗っ
たちっちゃな女の子、というペアが出てきて、それがとても大好きだったものですが、

ウーラとスーティの姿には多少そのイメージも入っていると思います。

ヤガもどうやら決着がつきそうな感じになってきました。

結局あんまりスーパー魔道ジジイ大戦にはならなかった、というか、ミロク教のおじいちゃんたちが最後まで抵抗してくれたせいで、イェライシャ老師のほとんど独壇場みたいになってしまいました。

まあ、ババヤガも暴れはしましたが。っていうか、むしろこの後始末のほうが大変そうな気がするのですが、カン・レイゼンモンロンは暴走して化け物になっちゃうし、地下では大爆発が起こるし、たぶんこのあとまだ地上ではもうしばらく混乱が続くんだと思います。

ひとまずヤガの人たちは、それほど催眠が深くなかったりまだかかってなかったりする一般の人々は、おじいちゃんたちやアニルッダさんの先導で目覚めたようですが、大神殿はむちゃくちゃになってるし、まだまだ落ちつくには手がかかりそうです。

スカールとブランは相変わらず貧乏くじを引いておりますねえ。なんかもう、わざとやっているんじゃないかというくらいイェライシャのじいちゃんは二人に対して粗雑というか本気でわざとやってんじゃないかと思いますが、まあ剣を振りまわすのがいちばん性に合ってるいのしし武者のブラン君ですから、もしかしたらこれも適材適所ということなのかもしれません。

このごろ折に触れて正篇を読み返しているのですが、やっぱり、重圧というか、その圧倒的な物量と熱気に、ひしひしと圧されるものを感じます。はじめに、自分にはとうていこの圧倒的な作品の真似はできない、と観念して、ほとんど開き直りのようなかたちで、自分なりのグインを書いていこう、ときめたのですが、今、それは正しかったのかどうか、少し考えます。

今ごろになってあらためて言うのもなんですが、大変なことを引き受けてしまったな、と。なにを今ごろになって言っているのかという感じですし、覚悟もなくて始めたわけではもちろんないんですけれど。

やはりグイン・サーガというのはとてもとても大きくて、なかなかすくってもすくいきれない、広大な世界を有している作品だとしみじみ思います。私などの力がどこまで及ぶかはわかりませんが、なんとかあがきながら、溺れながら、先へ泳いで行けたらなあと思います。

今回も担当の阿部さん、監修の八巻さん、大変お世話になりました。いつもいつもご迷惑をおかけして申しわけありません。

それではまた次回、『水晶宮の影』で、お会いいたしましょう。

著者略歴　1970年生まれ，作家　著書『アバタールチューナーⅠ～Ⅴ』『〈骨牌使い〉の鏡』『豹頭王の来訪』『風雲のヤガ』『翔けゆく風』『永訣の波濤』（以上早川書房刊）『はじまりの骨の物語』『ゴールドベルク変奏曲』など。

HM=Hayakawa Mystery
SF=Science Fiction
JA=Japanese Author
NV=Novel
NF=Nonfiction
FT=Fantasy

グイン・サーガ⑭⑭

流浪《るろう》の皇女《こうじょ》

〈JA1348〉

二〇一八年十一月十日　印刷
二〇一八年十一月十五日　発行

（定価はカバーに表示してあります）

著者　五代《ごだい》ゆう
監修者　天狼《てんろう》プロダクション
発行者　早川浩
発行所　株式会社早川書房

郵便番号　一〇一 - 〇〇四六
東京都千代田区神田多町二ノ二
電話　〇三 - 三二五二 - 三一一一（大代表）
振替　〇〇一六〇 - 三 - 四七七九九
http://www.hayakawa-online.co.jp

乱丁・落丁本は小社制作部宛お送り下さい。送料小社負担にてお取りかえいたします。

印刷・株式会社亨有堂印刷所　製本・大口製本印刷株式会社

ISBN978-4-15-031348-7 C0193